「おい健太、
さくら先生見てみろよ。」
「な、なにが？」
灼熱の太陽の下、
さくら先生がいた。
（ドキっ）

健太はぐっすりと
寝入ったさくら先生に、
抱き枕のように抱きしめられた。
（こ、これは!?
……せ、せんせいの
……おっ、おっ、おっ、おっ）
注●この作品は「総理大臣のえる!」です

総理大臣のえる!

撃破! 日本消滅計画

あすか正太

角川文庫 12477

総理大臣のえる！ 撃破！日本消滅計画

contents

登場人物紹介

前内閣総理大臣
折原のえる

悪魔メフィストの力で総理大臣だった少女。負けず嫌いでイタズラとドラえもんが大好き。死亡報道によって総理大臣からいっかいの中学生に現在格下げ中。格闘にかけては天下無敵。

長谷川健太

中学2年生。のえるの幼馴染み（おもちゃ？）。正義感に溢れているが、溢れてるだけ。のえるのブレーキ（ツッコミ）役。

弥生ほのか

中学2年生、健太とは同級生。性格は温厚で潔癖。健太に気があるようである。のえるの直情的な行動力に憧れている。

桃園さくら

22歳。今年、中学教諭になったばかり。正担任の奥原先生が入院してしまったので、よりにもよってのえるの担任に。社会科教諭。真面目。泣き虫。

白峰忍

のえるの元クラスメイト。過去におこした事件がもとで、転校してしまっている。

葵 若葉

のえるたちのクラスメイト。父を不慮の事故で亡くし、現在母と2人暮らし。金銭欲が強く、パソコンに長《た》けているが……。

マーチン・ドルマン

ドイツ生まれの事業家。たった一代で世界一の多国籍企業集団ドルマン・ユニオンを築いた。

木佐孝美

29歳、数学教師。黙ってればいい男。趣味はさくら先生いじめ!?

メフィスト

（愛称メフィ）

ペルシャ猫、悪魔。精神年齢はのえるたちと同じぐらい。死亡したのえるを復活させたため、現在魔力は低下している。

黒瀬誠一郎

のえるの前の総理大臣。のえるの死亡報道に便乗して現在の内閣総理大臣に返り咲く。己の欲望と権力の保身にすべてを捧げる。

シャイニィ

東南アジアにある天然ガス産出世界一の国、アルカンタラ王国の皇女。のえるのよき理解者。

口絵・本文イラスト／剣康之
デザイン／矢部政人

『マーチン・ドルマン氏　訪日の目的は？』

マーチン・ドルマン氏が自家用のジェット機で来日した。

氏はドイツ生まれ。祖父の遺《のこ》した、なけなしの遺産を元手に投資した油田開発事業の成功を皮切りに、たった40年で電機、保険、運輸、銀行、軍事、証券、食品、メディア、鉄鋼、不動産、IT、アミューズメントをはじめとするほとんどの産業分野において成功をおさめた世界一の多国籍企業集団《たこくせききぎょうしゅうだん》ドルマン・ユニオンを築いた人物である。

一介《いっかい》の企業人でありながら政界への影響力《えいきょうりょく》は強く、経済統合を果たしたEU（ヨーロッパ共同体）の実質的なオーナーとも言われている。

今回の来日の目的については、特別な発表はされていないが、ただの観光であるとは思われず、株式市場や円相場はすでに氏の動きを予想した機関投資家による投機により、派手な乱高下を始めている。

（日刊新聞6月30日　朝刊より）

第1話

日本売られてます

「ひゃっほ――――――――――――――――――――――――っ！」

風にあおられ、ポニーテールがなびく。

ウォータースライダーを、ビキニの総理大臣が気持ちのいい叫《さけ》び声をあげながら滑《すべ》り降りていた。

正確には前総理大臣、ちょっとズルイ方法で日本で一番偉《えら》くなったことのある女の子。

折原《おりはら》のえるだ。

水面に飛びこむと、ざぶんと水しぶきがあがってキラキラと輝《かがや》く。

「あっはっは、気持ちい～っ！　健ちゃん、もう一回やろ！」

ざばあ、と顔から飛び出したのえるは、それはもう楽しくて楽しくて仕方がないという顔で、プールサイドにいる男の子に抱《だ》きついた。

知る人に印象を尋《たず》ねれば、100人が100人、バカのつくお人好《ひとよ》しと答える男の子。

長谷川健太《はせがわけんた》だ。

「うえ～。もう一回、もう一回って、これで何回だと思ってるんだよ」

「5、6回ぐらい？」

52回目だった。

「別のにしようよ～」

「健ちゃんって飽《あ》きっぽいねえ」

「のえるが偏《かたよ》りすぎなんだよ！」

「じゃ、健ちゃんの分もあたしが滑ってくるよ」

のえるはそう言って、元気よく走って行った。

「……ホントに元気だなあ」

まぶしそうに彼女の後ろ姿を見送りながら、健太は思った。

日曜のプールパークは、暑さもあってか6月だというのに大にぎわいだ。

カレンダー的には雨と雲の季節のはずなのに、ぎらぎらと輝く太陽の熱気に水分は跡形《あとかた》もなく蒸発させられたのか、空は宇宙まで抜《ぬ》けてしまうような青一色だ。どうやら今年は梅雨《つゆ》のおとずれることはないらしい。

「長谷川くん、もうギブアップ？」

日陰《ひかげ》から、くすくすと笑う愛らしい声。

「のえるに付き合ってたら、身体《からだ》がいくつあっても足りないよ……」

「タオル使う？」

健太が近づくと、**弥生《やよい》ほのか**は自分から立ち上がって、とてとてと歩み寄ってきた。

常に太陽のようにエネルギーを放射しているのえるとは正反対に、おとなしい女の子だ。小柄《こがら》な身体と優《やさ》しい面立《おもだ》ちが性格を表しているようでとてもかわいらしい。

クラスメイトの3人は、連れだってプールに遊びに来ていた。

「いいよ。すぐに乾《かわ》くし」

「暑いしね」

ほのかは日陰から出ると、ビームみたいに苛烈《かれつ》な太陽光に身震《みぶる》いした。そして気持ちよさげな笑《え》みをもらす。

白いワンピースの水着が、とってもよく似合ってるな。と健太は思った。

じっと見てると、どきどきしてしまう。

「？」

彼女が首をかしげた。

（まずい！）

健太はとっさに目を背《そむ》けた。ごまかさないとごまかさないと。

（……女の子の水着を見るのが、恥《は》ずかしくなったのはいつからなんだろ）

「やっぱり長谷川くんは、折原さんのこと気になるんだ」

「え」

健太の視線の先には、たまたま偶然《ぐうぜん》のえるのいるスライダーがあったのだ。

違《ちが》うよ、と健太は訂正《ていせい》した。

「ホントかな……」

ほのかはつぶやく。寂《さび》しさが表情をよぎっているのだが、健太は気付いていない。

（ホントに違うのに……）

健太は視線を戻《もど》して、別のものにどきどきした。

胸元《むなもと》が、見えるのだ。

頭半分ほど高い自分がほのかを見ると、角度的に、胸元まで視野に入ってしまうのだ。

ちなみに、のえると会ってるときも同じである。

健太は自分に呆《あき》れた。

(僕って、だんだんエッチになってきてるよなあ……)

「長谷川くん。喉仏《のどぼとけ》、大きくなってる」

「……そ、そんなとこ見てるの？」驚《おどろ》く。

「見てるよ、だって長谷川くん、どんどん背が高くなるんだもん」

ほのかは自分の頭に手を当てて、平行にずらした。

健太の鼻に当たる。

「ね、自然に見えちゃう」

健太は赤くなった。

「太陽にあたりすぎなんじゃない？　休んだほうがいいよ」

ほのかは心配した。(違うのに)健太はホッとしたような申し訳ないような気持ちになった。

2人して、日陰のベンチに腰《こし》を下ろす。

「今年はどこまで暑くなるのかなあ……」ほのかがつぶやいた。

「このまま、ホントに梅雨が来なかったりさ」

「ありそう」

「梅雨が来ない年がある、ということも珍《めずら》しくなくなったし」

「そうそう、何年か前に初めて聞いたときは驚いたけど」

「昔はちょっとでも気候がおかしくなったら、異常気象とか地球環境《かんきょう》が危ないってニュースとかで大騒《おおさわ》ぎしていた気がするのに、最近、おかしいのも当たり前になってきたよね」

そういえばそうだ、とほのかは思った。

「春だって、いつもより1ヶ月も早く桜が咲《さ》いてるのに、こんな事態は日本観測史上初めてのことですって言うのに、花見のスケジュールが狂《くる》って困りますとかいう話になって。そんな大変なことでもないようなニュースになってるんだよね」

「みんな、慣れちゃったのかなぁ」

「慣らされてるだけかもよ」

健太は言った。

「そういうこともある、ってことにすれば、異常も通常になっちゃう。地球が少しずつ変になってるのに、そういうこともあるって言われてると、気にならなくなっていく。状《じょう》況《きょう》はどんどん悪くなっていってるのに。こういうのって変だよね」

「……似てきたね、長谷川くん」

「なにが？」

「折原さんに」

「えーっ！　どのへんが？」

「モノの考え方、とか」

「うーん」

健太は複雑な顔をした。

「うらやましいな」

ほのかはため息をついた。

「のえるに似てるのがぁ？」健太は眉《まゆ》をしかめた。

「どっちなのかな……」

目線を落としながら、ほのかはつぶやく。

そして彼女は小さく首をふって、わかんないや、とひとりごちた。

（？？？）

彼女が何を言い淀《よど》んでいるのかわからず、健太は首をかしげた。

「ひゃっほ――――――――――――――――っ！」

ひときわ元気のいい声が2人の静寂《せいじゃく》を破った。

景気のいい水しぶきを上げて飛びこんだのえるは、時間が惜《お》しいとばかりにプールから上がり、2人のもとへ駆《か》け寄った。

「ひや～っ！　健ちゃん、弥生ちゃん、見てた見てた？　飛び出す瞬間《しゅんかん》、身体《からだ》丸めて宙返りしてたの」

「あんまり変なことしてると叱《しか》られるよ、のえる」

「かまわないもーん。だってもう総理じゃないんだし、いくらでも悪い子になれるのだ。フフフフ」

「なっていいのかなぁ……」思わず、半眼になってしまう健太。

「折原さんはもう、総理大臣に戻《もど》る気はないの？」

ほのかに聞かれて、のえるは指を唇《くちびる》にあてた。

「どっ、しよっ、かなー」

「戻る気なのっ⁉」

健太が驚《おどろ》いた。

「そりゃいくらあたしでも、あんな終わり方には不満があるし」

（やっぱり）

のえるの言葉に、健太は頷《うなず》いた。

昨年、自爆《じばく》テロ事件をきっかけに始まった戦争を阻止《そし》しようとしたのえるは、乗っていた飛行機を爆破され、死んだと思われていた。戻ってきたときには前総理である**黒瀬誠一郎**《くろせせいいちろう》が再び総理に任命されていた。

それぐらいがまあ、国民の知るところである。

（違《ちが》うんだ……）

健太はそれ以上のことを知っていた。

のえるは故意に殺されようとしていたことを。

戦争をどうしても続行したい**ロバート米大統領**の指示により、のえるの乗っていた飛行機は撃墜《げきつい》されたのだ。

その後、のえるが命を張ってテロ戦争を阻止したこともなかったことにされてしまった。

もっとも今となっては「真実を暴露《ばくろ》されたくなければ、あたしの言うこと聞きなさい」とのえるは脅迫《きょうはく》を開始し、電話をするたびに大統領はへこへこと頭を下げている今日この頃《ごろ》なのだが、彼の陰謀《いんぼう》のせいで、のえるが総理の椅子《いす》を失ったことに変わりはない。

「いくら遊び半分で総理やってたとはいえ、ちゃんとしておきたいこともあったし」

「そうなんだ……」

真面目《まじめ》な顔をして言うのえるを見て、健太は誤解していた自分を反省した。

のえるのことだから、また好き放題がしたいばかりに権力への未練を口にしたんじゃないかと早合点していたからだ。

「あたしだって、それなりに法律を勉強してたのよ」

「知らなかった」

「内緒《ないしょ》でしてたしね」

「どして？」

「恥《は》ずかしいじゃない」のえるははにかんだ。

「そんなことないよ、偉《えら》いよ、立派だよ」

「あーあ、準備してた法律ぐらいは通したかったなぁ」

「どんなのだったの？」

「健ちゃんがあたしと結婚する法律とか」

「無理矢理なのか!!」

そりゃ内緒でするよ、と健太は思った。知ってたら速攻《そっこう》止める。

「冗談《じょうだん》よぅ、じょーだん」

手を上下にひらひらさせながらのえるは笑った。

「とーぶんはフツーの女の子でいるわ。いっぱい遊びたいし」

元気いっぱいの目でのえるは言い、またスライダーに走っていった。

「まったく……」

やれやれ、と健太は肩《かた》をすくめた。

それを見ていたほのかが、ほんの一言。

「冗談で、がっかりした？」

「し、してないよ！　なんで僕ががっかりしなくちゃいけないのさ」

「本気だったらよかったのになあ、とか」

「イヤ、イヤだよ、絶対に」

健太は必要以上にかぶりをふった。

「ムキになるところがあやしいな……」

「だから、僕はあいかわらずのえるの奴隷《どれい》なんだって〜」

健太はため息をつくのだが、ほのかはうつむいて、ぽそりとつぶやいた。

「うらやましいな……」

遠くから蟬《せみ》の鳴く声が聞こえてくる。もうホントに夏なんだ、とほのかは思った。

今年の夏は、どこまで暑くなるんだろう。

♣

——前総理が54回目のウォータースライダーに挑戦《ちょうせん》している頃。

一機のジェット機が成田《なりた》に降り立っていた。それは自家用機だった。

白と赤に塗《ぬ》り分けられた機体には、双頭《そうとう》の鷲《わし》のエンブレム。

東西欧州《おうしゅう》を経済で支配する企業《きぎょう》グループ、ドルマン・ユニオンの紋章《もんしょう》だ。

グループ全体でイタリア一国のGDP（国内総生産）に匹敵《ひってき》する売り上げを誇《ほこ》る、世界最大の経済集団。本拠地《ほんきょち》がドイツであることから、政治や軍事ではなく経済の帝国《ていこく》、第三帝国とも揶揄《やゆ》されるドルマン・ユニオンのオーナー機であるこのジェットは、世界中のグループ企業を統率《とうそつ》する空中司令基地でもあった。

欧州のエアフォース・ワンとも呼ばれるこの機体の持ち主こそ誰《だれ》あろう、『ユーロのアドルフ』**マーチン・ドルマン**であった。

ほっそりとした面立《おもだ》ちは、女性のような印象も与《あた》える。

40代という年齢《ねんれい》を感じさせないダンディだ。

税関も入国審査《しんさ》もノーチェックでパスしたドルマンは、数分の後にはＶＩＰルームに案内されていた。

中には、黒瀬総理と大臣たちが待たされていた。

日本を指導する内閣のメンバー全員が、起立をして、彼を待っていたのである。

代表して、黒瀬が歩み出た。

「ようこそ日本へ。ドイツはサッカーでも好調ですな」

たっぷりと肉のついた手を伸《の》ばす。

だがドルマンは触《ふ》れるか触れないか程度のタッチで済ませると、

「私は無駄《むだ》な時間と無駄な会話が好きではありません。さっそく商談に入りませんか」

そう言うと黒瀬たちが勧《すす》めるのも待たず、ドルマンはソファに腰《こし》を下ろした。

ゆったりと足を組んで悠然《ゆうぜん》と黒瀬たちを見上げる。あまりに一連の動作が自然だったので、黒瀬たちですらそれを失礼だとは思わなかった。

豪華《ごうか》なソファに身を委《ゆだ》ねるドルマンと、立っている黒瀬たち。

それはまるで王と従者の構図であった。

自分が彼らをこの部屋に招いたのだと言わんばかりの態度で告げる。

いや、彼にとってそれは間違《まちが》いではないのだろう。彼の意識は時間を超《こ》えていた。彼はこの部屋の、この土地の、この国の未来の主《あるじ》を知っていた。

だから、預言者のように告げたのだ。

「日本買収についての話をしましょう」

「まあ、座ってください」

♣

帰る時間を間違えたかもしれない、と健太は思った。

平日でもあるまいし、日曜夕方の電車がぎゅうぎゅう詰《づ》めになることなどめったにないが、そのめったにない日に遭遇《そうぐう》してしまった。

「ぐえっ」

そんな悲鳴が出るほどの混《こ》み合いだった。視界0メートルの濃霧《のうむ》。ただし人の。

ハンバーガーの具になったような感覚だ、と思ったがそれすらも生ぬるかった。

(布団《ふとん》圧縮袋《ぶくろ》の中に入れられて空気を抜《ぬ》かれているみたいな感じ?)

まだ正確じゃない。もっと痛い。

それほどの息苦しさに付け加え、電車が前後左右に揺《ゆ》れるたびに、頭と身体《からだ》と手と足がそれぞれ別の方向にひっぱられて痛い。それが満員電車地獄《じごく》の苦役《くえき》だ。

（お父さんは毎日、こんな電車に乗ってるのか……）

そう思うだけで、健太は父親を尊敬したくなった。

ガタン、と電車が大きく揺れた。

「あうっ」

大人と大人の間に挟《はさ》まれた腕《うで》が逆にねじれそうになった。健太は割り込むように身体をずらしながら腕の位置を調整する。


ふにょん。


手のひらが、柔《やわ》らかいものに触れた。

「あ、健ちゃん、エッチ」

「え」

のえるの胸だった。

「ち、違うよ！　手が！　勝手に！」

「手が勝手に、あたしの胸を触《さわ》ってるんだぁ」にやにやと笑うのえる。

「違う〜っ、わざとじゃないんだ！」

「なあんだ、好きで触ったんじゃないんだ」

「当たり前だろ」

するとのえるは言った。

「じゃ、痴漢ね」

「なんでそうなるのっ!!」

「痴漢行為《ちかんこうい》ハ、被害者《ひがいしゃ》ガ、ソウ感ジタカドウカガ全《すべ》テデアル」

「なに、ナレーションみたいな口振《くちぶ》りしてるんだよ！」

「訴《うった》えよっかなー、訴えよっかなー」のえるはなんだか楽しそうだ。

「やめてよう〜」

たまらず健太は悲鳴をあげた。

（やっぱり、帰る時間を間違えたよ……）

本気でそう思った。

「あ、痴漢」小声でのえるがまた言った。

「だからそうじゃないって！」

のえるは声をひそめて、

「健ちゃん、あれあれ」と、目配せをする。

「ん、葵《あおい》さん？」

なにしろ貨物列車のような車内だ。はっきりと見えたわけではないが、彼女は確かにクラスメイトの葵若葉《わかば》だった。

小柄で華奢《きゃしゃ》な体つきにショートカットと、個性を主張しない外見のなかに、きりりとした瞳《ひとみ》の強さが印象的な女の子だ。すっと伸《の》びた柳《やなぎ》のような眉《まゆ》が美しい。

その眉が、痛々しく歪《ゆが》んでいた。

彼女は苦痛をこらえるように唇《くちびる》を噛《か》んでいた。だがそれは扉《とびら》に身体を押しつけられているせいではないとわかる。

小さな顔のすぐ下、ブラウスの胸を、ゴツゴツとした手がまさぐっていた。

大人の、男のものだ。

「のえる……！」

健太が振《ふ》り向いた時には、のえるは隣《となり》にいなかった。

何をどうすればそんなことができるのだろう。のえるは身動きすら満足に取れない空間を、電車の揺れに合わせて巧《たく》みに身体をすべりこませ、するすると移動を開始していた。

これも海外放浪《ほうろう》中にマスターしたという世界200ヶ国の特技のひとつなのだろうか。

1分としないうちに、男の手をつかんだ。

目と目があう。同い年の娘《むすめ》がいてもおかしくなさそうな中年だった。

「ち、違《ちが》う！」発覚に怯《おび》えた男は、とっさにのえるの手を振り払《はら》おうとした。

ちょうど電車が次の駅に着く。

「アンタ、電車に乗る資格ないよ」

扉が開くのと、のえるが男の胸元《むなもと》をつかんでホームに放《ほう》り投げるのは同時だった。

男はホームの柱に無様に激突《げきとつ》した。顔からコンクリートへ突《つ》っ込んだ。

「な、何をするんだ！」

「言ってあげよか？　あんたが何したか、そこの駅員に」

「ひっ……」

駅員の姿を見つけた男は飛ぶような勢いで逃《に》げていった。電車を降りた客のうごめきにまぎれ、すぐに見えなくなる。

扉が閉まり、電車が動き出す。

多くの客が降りて、車内の混雑はゆるやかになっていた。

ドアに背をもたれる若葉。

そばにのえる。健太とほのかも心配げに近づいた。

若葉は口をつぐんだまま、じっとのえるを見つめていた。

怒《いか》りとも悔《くや》しさとも、恥《は》ずかしさともとれる表情で。

のえるは彼女の心境を思った。

「ゴメン、通報したほうがよかったかな？」

すると若葉は苦々しい顔をした。

「触《さわ》らせといてもよかったのに」

余計なことをしてくれたわね、と言わんばかりの口調だった。

「「…………っ」」

健太とほのかは絶句した。

「どういうこと？」のえるは訊《たず》ねた。

若葉は馬鹿《ばか》にするような目で３人を見た。

「知らないの？　痴漢《ちかん》は言ったもの勝ちなのよ。男が認めなければ留置場に禁固、認めても罰金刑《ばっきんけい》。降りたところで脅《おど》せば、たいていの大人は黙《だま》って２、３万は出すわ」

「慣れた言い方ね」

のえるは言った。知らずのうちに怒りがこもっていた。

「なんで私が被害者《ひがいしゃ》なのに、関係ない警察が罰金を貰《もら》えるの？　私が受け取るのが正しいのよ」

「金受け取ったら、売ってるのと同じじゃない」

「そうかもね。いいバイトだと思わない？」

「思わないね」

「あたしは平気よ」

「ウソつき」

「あなたがそう思うのは勝手だけど、私には私のポリシーがあるから」

「ポリシーがあれば何してもいいの？」

あはは、と若葉はあざ笑って、のえるに言ってみせた。

「アンタが代わりに金をくれたら、言うこと聞いてあげてもいいわよ」

「…………ッ！」

気味の悪い沈黙《ちんもく》が、４人の間に落ちた。

電車が減速を始めた。車窓に次の駅が流れこむ。

「じゃ」

停車し、扉《とびら》が開くと、若葉は唇《くちびる》の端《はし》だけを吊《つ》り上げるような笑《え》みをこぼした。

のえるは最後に聞いた。

「だったらあの時、なんで嫌《いや》そうな顔してたのさ」

途端《とたん》、若葉は足を止めた。背を向けていたので表情は見えなかったが、ホームに降りる前に一言だけ答えた。

「見間違《みまちが》いよ」

閉まる扉。動き出す電車。３人の間に落ちる静寂《せいじゃく》。居心地《いごこち》の悪い沈黙……。

「平気なら、あんな顔……」

のえるは流れてゆく車窓の景色を見つめながら、つぶやいた。

♣

「……ただいま」

若葉は聞こえないぐらいの声で帰宅を告げた。

キッチンから母親が現れた。見ているほうが気持ちよくなるような笑顔をする女性だ。

「お帰り。御飯《ごはん》出来てるわよ」

「いらない」

鬱陶《うっとう》しげに母をかわし、若葉は居間に入った。

そして、仏壇《ぶつだん》に手をあわせる。

目を閉じて祈《いの》る。若葉の表情は自然と素直《すなお》で一途《いちず》なものになっていた。

仏壇には彼女に面影《おもかげ》の似た男性の写真が飾《かざ》られていた。父親だ。

終わり、立ち上がる。

「食べてきたの？」

「…………」

「塾《じゅく》の先生、なんて言ってた？　合格できるって？」

「…………」

答えず、階段を上がる。自分の部屋に入って扉を閉める。鍵《かぎ》を閉める。

「今日もお勉強？　お夜食いる？　キッチンに準備しておくから」

追いかけるような声を無視するために、若葉はテレビのスイッチを入れた。

見たい番組があるわけじゃない。チャンネルなんてどこでもいい。テレビなんて下らないものは嫌《きら》いだった。

テレビからはニュースが流れていた。

密輸された麻薬《まやく》を大量に摘発《てきはつ》したというニュースだった。

国際的な麻薬撲滅《ぼくめつ》作戦の一環《いっかん》として、日本でも覚醒剤《かくせいざい》に対する取り締《し》まりが大幅《おおはば》に強化されていた。黒瀬総理は政策の1つに麻薬汚染《おせん》の完全な撲滅を掲《かか》げ、空港での逮捕《たいほ》、密輸船の拿捕《だほ》、芸能人の摘発と、覚醒剤の報道がなされない日はないほどだった。

若葉にとってはどうでもいいことだったが。

彼女はパソコンを起動した。

インターネットに接続し、ブラウザを立ち上げる。

表示された掲示板《けいじばん》に、若葉はこんな書き込みをした。


『折原のえるってどうよ？』
1．匿名希望《とくめい》さん
総理大臣だったあの女、どう思う？


この掲示板では自分の正体を明かしたくないとき、匿名希望、という名前を使う。

若葉が匿名希望さんになるのは、もっぱら悪口を書き散らしたい時だった。

数分と経《た》たないうちに、掲示板には次々と匿名希望さんが現れていた。

2．匿名希望さん
そんなバカいたな。
死んだんだっけ？

3．匿名希望さん
生きてるよ。乗ってる飛行機が撃墜《げきつい》されても。
ゾンビみたいな女だよな（笑）

4．匿名希望さん
権力なけりゃただの中学生。
総理じゃなくなった途端《とたん》に何も聞かなくなったじゃん。
その程度の女だったんじゃネーの？

ディスプレイに浮《う》かぶ文字を見て、若葉は満足した。
カタカタ、とキータイプする。

5．匿名希望さん
みんなもそう思う？

ほんとムカつくよね、あの子。


若葉はネットが好きだった。特に匿名の世界が好きだった。

そこは人の本性《ほんしょう》が明らかになる空間だから。

思いのままに悪意を吐《は》き出し、欲望のままに行動し、相手を傷つける世界。

それに比べれば、日常は善意の世界だ。

優《やさ》しい人、頼《たよ》れる人、立派な人、正義感のある人がたくさんいる。

困っている人がいれば手をさしのべ、愛という言葉がもてはやされる。

（みんな、ウソをつきながら……）

誰《だれ》かのため、なんて偽善《ぎぜん》。

すべて自分のため。

（情けは人のためならず、よね）

そのことわざが若葉は好きだった。

『むやみに相手を甘やかしてはその人のためにならない』というふうに誤解されて使われることが多いが、本当は『相手にいいことをすれば、その善意はいずれ自分に戻《もど》ってくる』という意味だ。利息を期待して銀行に預けるお金のように。

善意ですら、損得計算なのだ。

雑誌とかテレビとか大人はよく、ネットは怖《こわ》い、ウソが平然とまかりとおり、人が人を傷つける恐《おそ》ろしい場所だと言うが、日常だって同じものじゃない、と若葉は思う。

むしろ、うわべのウソを重ねて善人ぶってるだけ、汚《きたな》い。

ネットは正直だ。

いいことをしようと、悪いことをしようとわからない。

誰が誰だかわからない空間なら、人を助けても傷つけても、犯人もわからなければ、恩人もわからない。

そんな世界で、人はどんな風に行動するのか。

何をしてもバレないとなれば、人はいくらでも正直になれる。

欲望のままに生きる。

(電車の中の、あの――!)

連想がつながった瞬間《しゅんかん》、若葉の胸に男にまさぐられた手の感触《かんしょく》が蘇《よみがえ》った。たちまち全身におぞけが走った。ぶるぶると身体《からだ》が震《ふる》え出す。怒《いか》りなのか、恐怖《きょうふ》なのか。

(みんな……、こうなんだ!)

若葉は唇《くちびる》を嚙《か》みしめながら、机を叩《たた》いた。

(アイツだって……)

のえるのことを思い出し、若葉は心が波立つのを感じた。

痴漢《ちかん》から助けてもらった時、すごく嬉《うれ》しかったのに、なぜか彼女が憎《にく》く見えた。

（信じたら、騙《だま》される）

いつしか、若葉はテレビに視線を移していた。

麻薬《まやく》取り締《し》まりについて特集していたはずのニュース番組は、なぜか戦闘《せんとう》ヘリがミサイルを撃《う》ったり、兵たちが火炎《かえん》放射器で建物を焼き払《はら》う派手な映像へと変わっていた。

ジャングルに麻薬工場があるのをつきとめた米国が海兵隊を派遣《はけん》して、工場を焼き払っているのだった。ちなみにそこはよその国なのだが米国はおかまいなしだった。

ホワイトハウスの会見で、大統領は高らかに宣言していた。

『我々は正義のためならなんでもやる！　たとえ他国であろうと！　宇宙であろうと！』

「バカじゃないの」

若葉はテレビを消した。

♣

「これが、私の要求です」

ドルマンは秘書たちに命じ、1冊のファイルを居並ぶ大臣たちに配らせた。

『日本改造計画』と記されたファイル。それを開いた途端《とたん》、大臣たちの口がほぼ同時に開かれた。

「日本語を制限する……だと⁉」

「ええ」

次のページを開く。そこには米食の廃止《はいし》と肉食の普及《ふきゅう》とあった。

次のページを開く。そこには神社仏閣の解体と教会の普及とあった。

ありとあらゆる日本の文化風習にチェックがつけられ、ヨーロッパと共通の生活文化を導入することが要求されていた。

ククッ、と笑い声がもれた。

財務大臣の今川《いまがわ》がでっぷりと肥えた腹を揺《ゆ》らしながら、ゲラゲラと笑い始めたのだ。

「な、何の冗談《じょうだん》だ？　これは何の冗談だ！　日本を改造するなどと‼」

だが、ドルマンの表情はそよとも揺るがなかった。

むしろ、そんな今川を蔑《さげす》むようなまなざしをした。このバカが、とでもいうような。

「私はあなたたちほど暇《ひま》ではありません。巨額《きょがく》の財政赤字を放置し、10年以上も続く不況《ふきょう》に対しても何ら有効な手を打たず、国民の声も聞かず、のうのうと税金から給与《きゅうよ》を得続けているあなたたちほど、私は怠惰《たいだ》でもなければ不実でもない」

「なんだと！」

今川財務大臣は気色《けしき》ばんだ。他《ほか》の大臣たちも連鎖《れんさ》反応を見せた。

つかみかからんばかりの勢いで、彼らはドルマンにつめよろうとした。

それを止めたのは、官房《かんぼう》長官の一喝《いっかつ》だった。

「落ち着け！　相手が無礼だからといって、こちらも無礼になってどうする！」

「ですが」

「話を聞く前に冗談と決めつけるものではない」

北条《ほうじょう》官房長官の堂々とした物言いに、今川たちは沈黙《ちんもく》した。

質実剛健《ごうけん》とした明治の老紳士《しんし》といった風格のある官房長官は、一目置かれた存在だ。

70歳でありながらすっきりとのびた背筋や、無駄《むだ》な肉のない体つき、そして意志の強い顔だちは、まるで官房長官の精神そのものを体現しているようで、平均年齢《ねんれい》50代の内閣にあっても父親のような威厳《いげん》を保っていた。

「そうだ、話を聞こうではないか。どうやって日本を買収したのか」

黒瀬首相はドルマンに話をふった。

「ルーディーズを保有しているのは、当社であることをご存じですか？」

ルーディーズとは、世界で最も権威《けんい》のある格付け会社だ。

格付け会社とは、この会社は倒産《とうさん》の危険性が高いとか、この会社は今後成長しそうですといった、企業《きぎょう》の価値を簡単にランク付けする会社のことだ。

ゲームで言うところのゲーム雑誌。レストランで言うところの５つ星ガイドだ。

民間会社という点でも同じである。

５つ星をつけられたレストランが繁盛《はんじょう》するように、高い格付けを受けた会社は株が値上がりする。クロスレビューで満点をつけられたゲームが人気を呼ぶように、高い格付けを受けた会社はたくさんの投資家からお金を集めることができる（結果として、低い金利で借金をすることができたり、有利な条件で取引できる）。

各国政府ですら、民間会社の格付けの対象となっていた。

「だからどうしたというのだ」今川がいまいましげに口を尖《とが》らせた。

「私は日本国債《こくさい》の格付けを数段階下げるつもりでいます」

「だからそれがどうしたというのだ！」

「国債金利は上昇《じょうしょう》する」

「そんなことは財務大臣だから、わかっている！」

「今川財務大臣。あなたと話していると日本がなぜダメになったのかがわかる」

「バカにする気か！」

顔を真っ赤にさせた今川を、今度は黒瀬が制した。

「大臣、現在、我が国が国債の利払《りばら》いにあてている予算はいくらだ」

「約10兆円です。歳入《さいにゅう》（収入）がおよそ50兆円ですので、5分の1ですな」

今川は知ってる数字を並べ立てることで、自分の優秀《ゆうしゅう》さを示そうとした。

が、ドルマンは露骨《ろこつ》に失望した。

「そんなデータは暗記しなくてもパソコンからすぐに取り出せる。あなたは旧世紀に滅《ほろ》んでおくべきでしたな。日本のためにも」

「なんだとぅ！」

「大臣、計算してみろ。現在１％の利率が５％になったらどうする？」

「利払いが５倍になるだけでしょう！」

そんな小学生でもできるかけ算を……と言いかけて、今川はごくりと息を呑《の》み込んだ。

「我が国の歳入のすべてが……」

吹《ふ》き飛ぶ。

今川はしばし絶句し、ムキに声をはりあげた。

「む、無理だ！　理由もなく格付けを下げたところで、せいぜい会社の信用を落とすだけだ。債券市場が反応するわけもない！」

「たとえば、数十兆円単位で日本国債が一斉《いっせい》に売却《ばいきゃく》されたら？」

「なん……だと？」

「私の所有している百社ほどの金融《きんゆう》機関を合計すると日本国債の10％を保有している」

「そん、な……」

「格付け会社が格付けを下げる、いい理由です」

今川は拳《こぶし》を振《ふ》り上げて激怒《げきど》した。

「さ、詐欺《さぎ》だ！　それはまるで企業買収の手口ではないか！」

「そうです。私は日本を手に入れたいのです」

ゆったりとソファに身を横たえたドルマンは事も無げに言った。

「１億もの人口、年間４兆ドルの市場をわずか１兆ドルで買収するのは安い買い物でしょう？」

「……体《てい》のいい植民地というわけか」

「Ya《イエス》。今後、この国には私の構想する新世紀型植民地のテストケースになってもらいます」


――それから小一時間が経《た》ち。


「いや、実にうまくいった」

大臣たちが去り、2人きりになった部屋で、ドルマンは初めて笑《え》みを投げかけた。

「さすがは総理大臣だ。実によく大臣たちをなだめてくれた」

「笑えない誉《ほ》め言葉ですな。あなたの口先でどうにでもなる私の立場など」

微苦笑《びくしよう》をもらす黒瀬。

「企業《きぎよう》を買収する際、あらかじめ買収先の社長を味方にしておくのは経営の常識だよ」

「買収が済めば、用なしと」

「まさか」

ドルマンは笑った。

（よく言うわ。イタリアの内閣を潰《つぶ》したのはお前だということぐらい、知っておるぞ）

黒瀬は知っていた。

先日、不正献金疑惑《けんきんぎわく》でピストリオ伊《い》首相が摘発《てきはつ》され、失脚《しっきゃく》した。

だが、その情報をマスコミにリークしたのはドルマンなのだ（正確にはドルマン・ユニオン傘下《さんか》の新聞がスクープした）。

つとめて表情を表に出さないようにしていた黒瀬であったが、その、さざ波のような動揺《どうよう》もドルマンは決して見のがしていなかった。

「ピストリオは鷲《ドルマン》より鷹《アメリカ》についた。だから退場を願った。それだけだ」

「…………」

ドルマンは笑顔を浮《う》かべた。女性のようにも見える顔は整いすぎていて、却《かえ》って現実感を失わせる何かがあった。温度のない微笑《ほほえ》み、うわべだけの好意。

「キミのことは信用したい。私の片腕《かたうで》として日本の総理大臣でいてもらいたいのだ」

（逆らわなければ、だろう？）

黒瀬は腹の中で毒突《どくづ》いた。

ドルマンはインテリアとして置かれていた部屋のテレビをつけて、ふたたびソファに腰《こし》を下ろした。ニュースが始まっていた。

「さて、大臣たちを納得《なっとく》させたあとは日本国民への公表だな」

「それについてもぬかりはありません」

黒瀬は政権についてからというもの、国民に向けて、あらかじめあるテーマを持ったメッセージを送っていた。

『日本は経済危機に陥《おちい》っている』『財政は破綻《はたん》寸前の状況《じょうきょう》』『悪化した失業率がめざましい改善を見せる可能性は限りなく低い』『痛みを伴《ともな》う構造改革が必要だ』といった、未来についての悲観的なコメントである。

「世論調査によると、国民の半数以上が、今後、税負担が増加することを容認《ようにん》、あるいは覚悟《かくご》しているという結果が出ているそうだな」

「はい、国民は改革の痛みに対する心の準備はできているでしょう」

「ほう、自信があるのか」

ドルマンは驚《おどろ》いた。

選挙のある国の政治家は洋の東西を問わず、国民の怒《いか》りを買う政策を嫌《きら》うものだ。イタリアの首相ともそれで仲違《なかたが》いして、切ったのだ。

日本への要求はさらに過激なものである。

ところが黒瀬は、それをあっさりと受け入れてしまったのである。

「大丈夫《だいじょうぶ》ですよ」

即答《そくとう》だった。

「この国の国民は口こそやかましくてうるさい連中ですが何もしませんから。世の中への不満や政府の不平を言い募《つの》らせるだけで、成りゆきに従うのです。逆らうということを知らんのですよ。今の日本に革命なんてものはできやしません」

「確かにそうだな。欧州《おうしゅう》の国々には革命の歴史がある。建国200年のアメリカですら革命の歴史を持っている。だが日本にはない。ただの一度も市民による革命で世の中を変えたことがない。明治維新《めいじいしん》ですらサムライ同士の政権すりかえだ」

「そして戦後はアメリカによる革命。なんにせよ、我が国では社会はエリートが変えるもので、庶民《しょみん》はそれを下から眺《なが》めるだけなのですよ」

「経験したことのないものは出来ぬ、ということか」

「あと、もう1つ、我が国には歴史の法則があります」

「ほう」

「改革者は道半ばにして殺されるのです。織田信長《おだのぶなが》しかり、大久保利通《おおくぼとしみち》しかり。坂本龍馬《さかもとりょうま》すらそうでしょう。いずれも世の中を前進させた人物ですが、みな、志半ばで殺されています。その後の凡庸《ぼんよう》な支配者はのうのうと天寿《てんじゅ》をまっとうしたにもかかわらずにですよ。日本人はそれほどに革命を嫌うのです」

「凡庸な支配者か」

ドルマンは黒瀬を見やり、フフ、と笑《え》んだ。

「どちらにしろこの計画は間違《まちが》いなく成功します。一夜にして500兆もの金を我々は手に入れることができるでしょう」

「まあ、それぐらい成功してもらわねば、その次にある計画など実現不可能だからな」

「おまかせください」

「お前は、祖国が消滅《しょうめつ》してもかまわぬのか？」

「別に」

黒瀬は易々《やすやす》と言った。

「私は国などというモノにこだわって、戦争を起こすような愚《おろ》か者ではありませんから」

「では、なんなのだ？」

「私がこだわるのは、国民の平和と安全だけですよ」

「なるほど」

ドルマンは笑った。声は穏《おだ》やかだったが、目は嘲《あざけ》るようなまなざしをしていた。

（なんとでも思うがいい）

黒瀬は、ドルマンが自分を馬鹿《ばか》にしていることを承知していた。

（逆らわなければ、ドルマンが私の立場を守ってくれる。私の権益を守ってくれる。せいぜいうまい汁《しる》を吸わせてくれればよいのだ）

そんな粘着質《ねんちゃくしつ》な会話が続いている最中にも、ニュースは続いていた。

「おや」

ドルマンは、覚醒剤《かくせいざい》大量摘発《てきはつ》の報道に目を奪《うば》われた。

「こちらのほうも首尾《しゅび》は上々のようだな」

「ええ。認可《にんか》のない麻薬《まやく》はすべて摘発いたします」

「来月は１００キロほど持ち込みたいと、ディビジョンのほうから話が来ているが」

「1トンでもかまいません」

「あれほどの量を秘密裏《り》にセールスしてもらえるとは思っていなかった、ジャパニーズ・マフィアは誠実な取引相手だと報告が来ている」

「羽黒《はぐろ》組には手を出さないよう、警察庁長官に言い含《ふく》めてありますから」

「なるほど。表向きの取り締《し》まりもフェイクというわけか」

画面を横目で見ながら、ドルマンは皮肉げに笑う。

「そのほうが、相場も高騰《こうとう》して都合がいいでしょう？」

「お互《たが》いのな」

当然のことながら、黒瀬はボランティアでドルマンと羽黒組の麻薬取引を仲介《ちゅうかい》しているわけではない。暴力団から相応の手数料を取っている。もちろん政治家がヤクザから金を貰《もら》う行為《こうい》はアウトだ。しかし暴力団に合法的な会社（事業内容はバイオとかＩＴとか適当にでっちあげればいい。本社はアパートの一室で、あるのはヤカンと電話だけ。そこに組の若い衆を1人でも住まわせておけばいいのだ）を設立させ、そこからの企業献金《きぎょうけんきん》というカタチにすれば、なんの問題もない。

「総理公認の麻薬売買など、聞いたことがない」

「ヤクザと警察は表と裏ですよ。上手に使い分けていかなくては」

「畑を作ってもいいような口振《くちぶ》りだな」

「ウルムスタンの麻薬栽培《さいばい》は壊滅《かいめつ》状態とか」

そうだ、と言い切るドルマンの顔には、不機嫌《ふきげん》さがあらわとなっていた。

「大統領《ロバート》の脳には主権国家とか内政不干渉《ふかんしょう》という概念《がいねん》がないらしい」理屈《りくつ》があれば世界中のどこにでも軍隊を送り込んでいいと考えているらしい。

「19世紀のような男ですな」

「俳優あがりの大統領は、頭の中まで西部劇なのだろうな」

「日本にも、困った総理大臣がいましたよ」

「折原のえるか。……彼女は今なにを？」

「中学を落第寸前だそうですよ」

さも愉快《ゆかい》な顔をして、黒瀬は言った。

「あんな小娘《こむすめ》が一時とはいえ総理とは、間違いもいいところでした」

「確かに、10年かけて進めてきた私の計画も無駄《むだ》になるところだった」

「マイナス消費税だの、税金ゼロなど、あの小娘には常識という言葉が通用しませんからな。世の中をひっくりかえすようなことを平気でやってしまえる。あんな女が権力を握《にぎ》っていては、合法的に計画を進めている我々がバカを見るというものです」

「その通りだ」

共感にたどりついた2人は、ニヤリニヤリと視線を交《か》わしあった。

「では、会長の日本滞在《たいざい》が楽しいものになることを」

そう言って、黒瀬は部屋を後にした。

ひとりきりになったドルマンは、窓の外に目を向け、ライトアップされた成田国際空港を見下ろした。

「この国では世の中を変える人物は殺される、か」

嚙《か》みしめるように、つぶやいた。

そして、ふと思う。

「そういえば、折原のえるも一度殺されたな」

♣

一度死んだ女は、お風呂《ふろ》から上がったところだった。

「あー、いいお湯だったぁ。メフィも身体《からだ》洗ってあげるから、今度一緒《いっしょ》に……」

部屋に戻《もど》ってみると、**メフィスト**の姿がない。

窓が開いていた。

「メフィ？」

バスタオル姿で窓から外へ首を出す。のえるの部屋は二階だ。見ると、すぐ下の瓦《かわら》に彼が寝《ね》そべっていた。黒猫《くろねこ》、魔《ま》法《ほう》の使える悪魔、メフィストフェレス。

「今日はいい天気だからな」

彼の言うとおり、今夜は雲一つない晴れた月夜だった。

冴《さ》え渡《わた》った半月が、青白い光を地上に投げている。

「どのぐらい溜《た》まったの？　魔力」

「次の満月ぐらいだ」

「満月になると、前みたいになんでもできる魔法が使えるようになるんだよね？」

その魔法で総理大臣になったことのあるのえるは、わくわくしながら訊《たず》ねた。

「言っておくが、総理になりたいと願うのなら今度は寿命《じゅみょう》を貰《もら》うぞ」

「え、そうなの？」

悪魔メフィストの故事にあるように、彼の魔法は魂《たましい》と引き替《か》えだ。

願いごとをなんでも叶《かな》えてくれる代わりに、命を差し出さなければならない。

中世における30年は、成人した人間のほぼ一生分の残り寿命だったが、今はそんなこともない。とはいえ30年という命の重みが軽くなるはずもない。それだけの代償《だいしょう》を払《はら》う代わりに、欲望を叶えてもらうのだ。

ところがこの折原のえるという人間は、メフィストに向かって「うさんくさい」と難癖《なんくせ》をつけたあげく「ホントに魔法が効くのかどうか試《ため》させてちょーだい」と要求し、1ヶ月だけタダで魔法を使わせてしまったのだ。

それでなってみたのが総理大臣である。

「魔法は途中《とちゅう》で終わったが、もともとが反則のようなやり方で続けていたんだ。もう一度なりたければ契約《けいやく》を結んで貰《もら》う」

「……そうだよね。メフィだってボランティアで悪魔やってるんじゃないもんね」

「ん？　いやに聞き分けがいいな」

「じゃ、今度は副総理になりたいって願いごとで、お試し期間をまた1ヶ月ほど」

ギロリ。

メフィはとても恐《おそ》ろしい目をした。

「冗談《じょうだん》よぅ。もう、怒《おこ》っちゃイヤ」

「そんなに戻りたいのか？　総理大臣に」

「そんなことないよ。今のままでも充分《じゅうぶん》楽しいから。あ、メフィにしてみれば、あたしがさっさと願いごとを言って、命貰わないと商売にならないんだよね」

「俺のことは気にするな」

そう言って、彼はのえるを見た。

黒曜石のように深い闇色《やみいろ》の瞳《ひとみ》に自分の顔が映るのを見た。黒い瞳は虚無《きょむ》を思わせるほど暗く、彼の真意がどこにあるのか読みとることもできない。

彼は自分をどうしようと思っているかも。

そんなことを思いながらメフィをじっと見ていると、彼が言ってきた。

「別に、お前が死ぬまで願いごとを口にしなくても俺は構わない」

「なんか……プロポーズみたいだね」

メフィは怒った。

「バ、バカか！　なんで今の台詞《せりふ》がプロポーズになるんだ!?」

「冗談よぅ、もー、メフィったら相変わらず真面目《まじめ》なんだからぁ」

「お前が不真面目すぎるんだ!!」

悪魔らしからぬ大声をあげて、メフィはのえるを叱《しか》りつけた。

♣

翌日の太陽も呆《あき》れるほど燃えていた。

教室にいるときは神様のイヤガラセにしか思えない暑さも、プールの授業の時だけはとびっきりの贈《おく》り物に思える。

いつもはだらだらとした準備体操だって3倍のスピードだ。

だが骨の髄《ずい》まで文化系教師の**木佐孝美**《きさたかみ》は、真っ白な肌《はだ》を太陽にさらすことすら鬱陶《うっとう》しいと言わんばかりの不機嫌《ふきげん》さで生徒に対していた。

ちなみに、ぴっちぴちのブーメランパンツだ。

「知るか。僕は数学教師だ。適当に水遊びでもしてろ」

「ひっでえー」

ぶー、ぶー、と不平があがる。

女子は**桃園**《ももぞの》**さくら**先生が面倒《めんどう》を見ていた

今日は体育教師の講習会があって、プールの授業は全部そんな調子なのだ。

ま、木佐のやる気のなさは今に始まったことではないので、男子たちは勝手にプールに入り、黙々《もくもく》と泳いだり、ばしゃばしゃと水をかけあったり、ゲームを始めたりした。

「おい、健太」

親友の**矢島直樹**《やじまなおき》が声をかけてきた。

「なに？」

「あれ見て見ろよ。すげえな」

「なにが？」

「さくら先生だよ」

矢島の視線を追うと、白いフリルのついた水着を着たさくら先生が見えた。

あまりにキレイで、健太もどきっとした。

思わず視線をそらした健太を見て、矢島はひひひと笑った。

「でかいよナ」

「し、知らないよ！」

顔を赤くして、健太はうつむいた。

「さくら先生って、やっぱ大人だよナー。ウチの女子とはエライ違《ちが》いだ」

と、矢島は胸の前で手のひらを返して、さくら先生の大きさを表現してみせた。

「もー、そんな目で見てると、女子にヤラしいヤツだって思われるよ」

「興味ないか。健太には折原がいるもんな」

「違うよっ!」

平泳ぎの練習をするからといって、健太は離《はな》れた。

(もー、矢島はなんかあったらのえると結びつけるんだからなー)

「だいたい、のえるは……」

「あたしがどしたの?」

ざばぁ、と目の前からのえるが現れたので、健太は逆に溺《おぼ》れて水を飲んでしまった。

げほげほと咳《せ》き込む。

「学校のプールで溺れそうになるなんて、健ちゃんもスゴイね」

「いきなり現れるからだろ!」

「人口呼吸してあげよか?」

「さっさと女子のところに戻《もど》りなよ」

「あ、男女差別〜」

「授業内容が違うって言ってるの!」

「それなら男子と同じ距離《きょり》泳ごっか? 手ごたえありそうだし」

女子は普通《ふつう》に泳ぎの練習をしていた。

「そういう問題じゃないの」

「じゃ水着? 水着の問題? 脱《ぬ》ごか?」

水着のショルダーに手をかけたのえるは、肩《かた》から外してみせた。

ちらりと見える胸元《むなもと》が、健太の目に飛びこむ。

「やめ〰〰〰〰っ！」

健太は顔を真っ赤にして、のえるの手から水着の肩を奪《うば》い、元に戻そうとした。

……のだが、

「おい長谷川。貴様、何してる……？」

クールフェイスの木佐が、ぎょっとした顔で健太をにらみつけていた。

「え……？」

健太は我に返り、自分のしていることを確認《かくにん》する。

左手はのえるの肩をつかんでいて、右手がつかんでいた水着はわずかにめくれている。

「長谷川、授業が終わったら職員室に来い」と、木佐。

そして女子たちからの軽蔑《けいべつ》しきった白い視線。

「ご、誤解だよう！」

おろおろと健太は、のえるに助けを求めた。

「ねえ！　説明してやってよ、僕は悪いことしてないって！」

しかし、のえるは顔を赤らめたり、両手を頬《ほお》にあてたりして、

「やだ。健ちゃん、エッチ♥」

「のーえーる────────っ！」

こうして長谷川健太は白昼の痴漢魔《ちかんま》にされた。

「あたしを邪険《じゃけん》にした罰《ばつ》なのだ～」

授業どころではなくなった男子サイドをこっそり横断したのえるは、プールサイドに上がり、悠々《ゆうゆう》と女子サイドに戻ってきた。

屋根の下で、若葉が見学をしていた。

うつむいて、黙々《もくもく》と携帯《けいたい》をいじっている。

「ねえ、何見てるの？」

「関係ないでしょ」

ぷい、とそっぽを向いて、また携帯に目を移す。

「…………」

のえるは聞いてみたいことがあった。けれど昨日のことを思い出す。

（あんなとこ見られたんだから気まずいか）

声をかけるのをやめ、みんなのところに戻ることにする。するとクスクスと笑い声が聞こえてきた。それはクラスでも噂《うわさ》好きの2人の女子だった。若葉の話をしていた。

「アレが来てホッとしてるなんて、マドカもひっどーい」

「じゃ、聞いてみようか？　本人に。体育見学おめでとうって」

「相手って誰《だれ》なの？　若葉《アオイ》さんの」

「ノブ知らないの？　援助交際《エンコー》してるって。駅前の時計台広場で男待ってる姿、見た子いるんだもん」

「えー、うそー」

「本人には内緒《ないしょ》よ」

ぜんぜん内緒じゃない声で言う。

2人の話は、25メートル泳ぎ終わって、こちら側に上がってきた女子たちに丸聞こえだった。向こう側にいる先生には届いていないが、若葉には充分《じゅうぶん》届いている。

「やだぁ」「すました顔してやることやってるんだ」「怖《こわ》ーい」「やらしい」

ニヤニヤとした顔、キャッキャとした笑い、毒のこもったたくさんの視線が若葉に注がれた。面白《おもしろ》い話はただ面白いというだけで、事実の検証もなく伝染する。

「…………！」

若葉は黙《だま》って立ち上がると、何も言い返すことなく、皆《みな》に背を向けた。

先生に保健室に行くと言って、立ち去る。

それを見て、マドカとノブははしゃいだ。

「ほら、図星だったみたい」「あたしの言ってること正しかったでしょ？」

まるで悪を裁いた正義の味方のように胸を張る。

一通り泳ぎ終わり、また2人の泳ぐ番がやってきた。

バシャン!!

のえるは、２人を突《つ》き落とした。

「な、なにすんのよ、アンタ！」「危ないじゃない！」

頭っから水に落ちたマドカとノブに、のえるは言ってやった。

「言葉で人を突き落とすのはありなの？」

刃《やいば》のような鋭《するど》い目をして背を向け、さくらに授業を抜《ぬ》けたいと告げた。

「えっ、えっ、折原さん、どうしたんですか？」

「気分が悪くなったから」

♣

授業中、サボリの生徒がのんびりと時間を過ごせる場所はそう多くはない。

のえるが若葉を見つけたのは屋上だった。

給水タンクが作ったほんのわずかの日陰《ひかげ》で、若葉は同じように携帯を弄《もてあそ》んでいた。

「変わった保健室ね」

「捜《さが》しに来たの？　大丈夫《だいじょうぶ》よ。保健室なんて言い訳、ウソだって先生も思ってるから」

「そうなの？」

「怒《おこ》られやしないわ。下手に叱《しか》って不登校にでもなられたら査定《さてい》に響《ひび》くもの。そんなことをもわからないの？」

「さくらセンセは給料のこと考えて仕事できるほど器用じゃないよ」

「雰囲気《ふんいき》に騙《だま》されてるだけよ」

「悪いほうに考えすぎだと思うな」

「あなたがオメデタイのよ」

冷たく言い切る。会話が終わる。

やれやれ、と若葉は再び携帯《けいたい》に目を移そうとするとのえるは唐突《とうとつ》に本題に入った。

「あたしが否定してこよか？　援交《えんこう》なんかしてないって」

いきなりな切り出しに若葉は驚《おどろ》いた。

「いいわよ！　ほっといて！」

「よくないよ」

「言いたいヤツには言わせておけばいいのよ」

「……だったらなんで逃《に》げるの？」

一瞬《いっしゅん》だけ若葉の顔が、悲しげに歪《ゆが》んだ。ほんの一瞬。

「いい人ぶるのやめてよ！」

すぐに怒鳴《どな》り声に変わった。

「あたしだけが可哀想《かわいそう》なんて思ってるかもしれないけど、あなただって裏じゃ言われ放題なのよ！」

そう言って、若葉は携帯を見せた。

昨日の掲示板《けいじばん》だった。

「…………」

のえるはまじまじとした顔で画面に見入った。その姿に若葉は満足した。

（せいぜい傷つくといいわ）

（自分だけ安全地帯にいると思ったら大間違《おおまちが》いなんだから）

本当のことを言うと、噂話《うわさばなし》に傷ついていた。すごく傷ついていた。

だが、のえるにも傷ついていた。

助けてあげようか？　と言われると、なぜか心が痛む。

理由はわからない。自分はなんてひねくれた人間なのだろう、と思う。

けれど、優《やさ》しさに触《ふ》れると余計に自分がミジメに思えて、胸が苦しくなるのだ。

（だから、仕返しをしてやるの）

「どう？　あんただって裏じゃさんざんなこと言われてるのよ」

ところが――。

「おっもしろーい！　みんな、よく見てるわねえ～」

のえるは素直《すなお》に驚いた。

「なっ……」若葉は言葉を失った。

「あたしも書き込んでみよ」

「やっ、やめなさいよ！」

思わず若葉は止めに入った。
余計にのえるが傷つくことになると思ったからだ。
でも、のえるは書き込んだ。

75. 匿名希望《とくめい》さん
のえるって、ドラえもんが死ぬほど嫌《きら》いらしいぜ。

数分後。

76. 匿名希望さん
じゃ、てんとう虫コミックス全巻送りつけてやろうぜ。大長編も。

77. 匿名希望さん
藤子不二雄《ふじこふじお》ランド版のほうが長いぞ。

「あっはっはっは！ 騙《だま》されてやんの」

「…………」

若葉は絶句していた。

「ね、ホントに来たりしないかな？」

「……平気、なの？」

「いや、怒《おこ》るも何も、だいたいホントのことだし……」

若葉はムッとした。

「バッカじゃないの？　叩《たた》かれて喜ぶなんて、変態よアナタ」

「変態かも？」

「否定しなさいよ！」


若葉はのえると会話をしてると感情的になっている自分に気付いた。

調子が狂《くる》う。

（いつもの自分はこんな幼稚《ようち》じゃないのに……）

そんな自分に苛立《いらだ》ちを隠《かく》せないでいると、のえるがこんなことを言い出した。


「決めた。これから若葉って呼ぼ」

「呼ばないで」

「決めたよ。若葉ちゃん、決めちゃった♥」

「友達でもなんでもないでしょ。私たち」

「じゃ、友達になろ」

若葉はドキッとした。

だからとっさに返事が出来ず、唇《くちびる》を結んでしまった。

「…………」

けれど、

「嫌《いや》。アンタとなんか友達になったら、私の品が下がるわ」

ぷい、とそっぽを向いてしまった。

「成績も下がったりして……」

「自分で言うもんじゃないでしょ！　アンタ、プライドがないの？」

「そうなのよ若葉。あたし、いろんなモンがナイのよねえ……」

「だから名前で呼ばないで！」

♣

昼休みの職員室はにぎわっていた。

学校の中でも数少ないクーラー入りの部屋となればどこだろうとオアシスだ。普段《ふだん》は他《ほか》の場所で息抜《いきぬ》きしてる先生やら、質問とか理由をつけて涼《すず》みにきている生徒やらで、盛《せい》況《きょう》だった。

その片隅《かたすみ》でひとり、自分の机でぶすぶすとくすぶってる教師がいる。

2年5組副担任、桃園さくらだ。

「う～～～～～っ」

どうでもいいことだが、彼女は22歳にもなって子供みたいな薄桃色《うすももいろ》の頬《ほお》をしていた。皮《ひ》膚《ふ》が薄いのか、感情が高ぶるとすぐに頬が桜色に染まるのだ。

さらにどうでもいいことだが、彼女のメガネはいつもズレていた。メガネ屋が採寸を間違《まちが》えたせいで、鼻のひっかかりが悪く、何度上げてもすぐにズレてしまうのだ。ズレるたびに当人は「私の鼻って低いのね……」と傷ついている。

本当にどうでもいい。

「ううう……」

彼女は小さな唇を軽く噛《か》みながら、涙目《なみだめ》を隠《かく》すようにうつむいていた。いったい何が、彼女を悲しませているのだろうか。

「ちゃんと来てって言ったのに……」

呼びだしたのに時間になっても来ない、ある一人の女生徒のせいだ。

進路指導の話があった。

「また生徒になめられてるようですね」

隣《となり》の席から、男の冷ややかな笑い声がした。

2年4組の担任である木佐孝美だ。彼は黙《だま》ってさえいれば好感度の高い顔を向けると、温度の低い言葉を投げつけた。

「フン、また泣く気ですかな」

「泣いてませんっ！」

さくらの瞳《ひとみ》に、ぶわっとひときわ大きな涙の粒《つぶ》が浮《う》かんだ。

木佐は鼻で笑った。

「担任の奥原《おくはら》先生の代わりを預かるあなたがそんなことだから、2年5組は動物園だの、サファリパークだの言われるんですよ」

「うう〜っ」

さくらの瞳に、さらに涙がたまった。

まだぎりぎりで、ぎりぎりでこぼれていない。

「まあ、前総理大臣の今の学力ではどこにも行ける高校がない、というのは間違いなくあなたのせいですけどね」

決壊《けっかい》した。

だーっ、と滝《たき》のように一気に流れ落ちるさくらの涙を見ても、木佐はフフンと笑うばかりで、無慈悲《むじひ》な一言をぶつけるだけだった。

「22にもなって泣き虫癖《ぐせ》とは、たいがい大人げないと思いませんかな」

29にもなって、同僚《どうりょう》イジメを趣味《しゅみ》にしている男の言う台詞《せりふ》だった。

そんなわけで、さくら先生は一大決心をしたのである。

(もう泣きません!)

熱い決意を胸に彼女は2年5組の教室へ向かうと、職員室まで連れて行くのも惜《お》しいとばかりに、ある1人の女生徒の前に立った。

のえるの前にだ。

「折原さん」

ズレたメガネの奥で瞳が燃えていた。

「なんで職員室に来ないんですか……」

先生は怒《おこ》っていた。わなわなと両肩《りょうかた》を震《ふる》わせていた。拳《こぶし》をぎゅっと握《にぎ》りしめていた。

今日こそ怒ろう。キチンと指導するのだと全身が叫《さけ》んでいるようだった。

あ……、とのえるは口をぽかんと開けていた。

「忘れてた」

「忘れないでくださいい〜っ!」

さくら先生は涙目になった。

「も一つ、ちゃんとしなよ、のえる」

隣にいた健太が割り込んできた。このままではさくら先生がのえるのペースに引きずられて可哀想《かわいそう》だと思ったからだ。

「で、さくらセンセ。何の話なの？」

のえるがお気楽な顔で訊《たず》ねる。さくらは現状の成績が続けば、進学できる高校がどこにもないという現実をつきつけた。

「……しょうがない」のえるは唸《うな》った。

「やっとのえるも勉強する気になったんだね！」健太は喜んだ。

「あたし専用の高校を作るか……」

「もう総理大臣じゃないんだよ！」

「あ、そっか」

「総理大臣でも、そんなことはやっちゃいけないんだけどね……」

「まあ、高校だけが人生じゃないよ。あはは」

「それは先生が生徒に言う台詞だろ〜っ」

「のえるさん、お願いですから進学の夢を捨てないでください〜っ！」

さくらは彼女にすがりついた。

「なんか違《ちが》う……」健太は果てしなくそう思った。

——さて、話を戻《もど》して。

「しかし高校があたしを選んでくれない以上、無理して進学するのもねえ〜」

「勉強すればいいんだよ、勉強」

「そうです。折原さんはやればできる人だと思うんです」

するとのえるは言った。

「センセ、もっとリアリティのある話しようよ。あたしの成績が上がったらという前提がすでにまったく現実味がない」

「自分で言うなよ……」

バン、とのえるは机を叩《たた》いた。


「そうだ！　裏口入学しよう！」


「キミはどうしてそういう方向性にしか発想が進まないんだ～っ！」

「金か……、5000円ぐらいでなんとかなんないかな」

「先生の前でそういう話をしないでください～っ！」また泣いてる。

「冗談《じょうだん》なのに……」

「キミの冗談は、冗談に聞こえないんだよ」

さくら先生は、内申書《ないしんしょ》をよくしようという提案をした。

「部活なんかどうかしら？」

最近は筆記試験を重視しない高校も増えている。

勉強以外でいい成績を残せば、そういうところに進学できるとさくらは考えたのだ。

健太は釘《くぎ》をさす。

「あのさ、のえる。わけのわかんない新スポーツを考えるとかいうのはダメだよ。全国に1つしかない部だと実績も作れないんだから」

「つまり、どの中学校にもありそうな部でないとダメなのね」

「そうそう」

「それでいて、あたしが長続きするような部でないといけない」

「そうそう」

「つまり遊び感覚で出来て、なおかつ時間も自由で、学校でないところでもOKで、なおかつ全国どこの中学にもあって、和泉中にはまだないもの」

「なんかもう根本的に矛盾《むじゅん》だらけのよーな気がするけど……」

「あったわ！」

「あったの!?」

驚《おどろ》く健太に、ずびしっと指をつきつけ、のえるは自信まんまんに言い放った。


「帰宅部よ！」


「そんなの部活とは言わないよ！」

「放課後をいかに充実《じゅうじつ》させるかを競《きそ》う部活。あたしにぴったり！」

「そんな部、誰《だれ》が顧問《こもん》になってくれるのさ！　顧問がいなきゃ、部にならないんだよ」

「いるじゃない」

と、のえるは視線を向けた。

「さ・く・ら・セ・ン・セ♥」

先生は真っ青になって首を振《ふ》った。

「だ、だ、ダメです、そんなデタラメな部活！　断じて認められません!!」

「次の期末テスト、全科目０点めざそっかなー」

「や〜め〜て〜く〜だ〜さ〜い〜〜〜〜っ」

さくら先生は帰宅部の顧問となった。

♣

「帰宅部はまっすぐ帰宅するから帰宅部なのではないですかぁ〜〜〜〜〜っ！」

夕方の駅前に教師の悲鳴がこだまする。

家路を急ぐ者、買い物客、遊びに繰《く》り出す人、一日のなかで一番にぎわう時間帯だ。

そんな雑踏《ざっとう》を、栄誉《えいよ》ある帰宅部顧問となった桃園さくらは、部活動の一環《いっかん》として連れ回されていた。

「さてと、マックとゲーセンに寄った後は、やっぱカラオケかな？」

栄誉ある帰宅部初代部長の折原のえるは、帰宅部らしい放課後ライフを実践《じっせん》していた。

「折原さん〜、もう帰りましょう〜っ」

さくら先生は、腕《うで》いっぱいにUFOキャッチャーでゲットしたぬいぐるみを抱《かか》えながら、部長のあとを追っていた。

「まだまだよ、和泉《いずみ》中帰宅部はキビシイんだからあ！」

「のえる、今日はこのぐらいにしようよ」

気の毒になった健太が言った。

ちなみに帰宅部副部長である（強制的に）。

「のえるじゃないです、部長です」

「はいはい、部長」

「よろしい」

ちょっと偉《えら》ぶってみたり。

「こんなところを木佐先生とかに見られたら……」

自分から不吉《ふきつ》な想像をして、想像の中でイヤミを言われて、涙目《なみだめ》になる先生。

のえるはそんなさくらの肩《かた》をぽん、と叩《たた》き、

「先生、こんなことで音《ね》を上げてるようじゃ全国大会狙《ねら》えないよ」

「全国大会って……」と、健太。

「私は副担任として、折原さんをキチンと進学できる生徒にする責任があるんです！」

「な〜に言ってるの。センセだって、はりきってたくさんゲットしてたじゃない」

のえるがぬいぐるみに目線を泳がせると、さくらは職分を忘れて、取れました取れましたきゃーきゃー、とはしゃいでいた自分を思いだし、赤面した。

「初めてだったもので、つい、興奮して……」

「やったことなかったの？　ウソでしょ」

「家が厳しかったので……。寄り道は禁止されていたんです。遊んじゃいけない場所もたくさんあって……」

「門限とかがあったんだ」

「夕方の5時でした」

「ご、5時ぃ!?」

これには健太も驚《おどろ》いた。

「先生って青春時代から誰《だれ》かにしいたげられる人生送ってきたんだね……」

のえるは同情した。

「先生になったらなったで、木佐にいじめられたり、あたしに遊ばれたり……」

「自覚あるなら、せめてのえるぐらい先生を幸せにしてあげなよ……」

「そうよねえ、いいこと言うわ。健ちゃん」

パッと、さくらの顔が輝《かがや》いた。

「帰宅してくれるんですかっ？」

「だったらなおさら、先生には遊んでもらわない！」

「え〜〜〜〜っ！」悲鳴をあげるさくら。

「言うと思った……」呆《あき》れる健太。

「さあて、今夜は一〇〇曲カラオケでも……」

と、ますます先生を泣かせるようなことを考える。すると、視界の端《はし》に気になるモノが見えた。

（あれは……）

のえるは自分の鞄《かばん》を健太にひょいと渡《わた》した。

「今日の部活はここで止《や》め。各自、勝手に解散すること」

「ホントですかっ？」

「健ちゃん、先に帰ってて。あたし、用事思い出したから」

「え、えっ？」

健太の返事も待たず、のえるは雑踏《ざっとう》の中にひとり消えていった。

駅前広場にある時計台は、ちょっとした待ち合わせ場所になっていた。

赤と紫《むらさき》が混じり合う空。夕陽《ゆうひ》はビルの谷間に没《ぼっ》して、どことなく黒ずむ街。そんな夕暮れに、コンパをする大学生とか、仕事帰りに会う恋人《こいびと》たちが行き交《か》う時計台前は独特の雰《ふん》囲気《いき》を持った、大人の空間といった印象があった。

そう見えるのは、そこに中学生ほどの少女を見かけたからだ。

明らかに異彩《いさい》を放っている。場違《ばちが》いな印象。

煉瓦《れんが》に腰掛《こしか》けた彼女はうつむき、黒い携帯《けいたい》をいじっていた。

いつものように、不機嫌《ふきげん》な顔で。

「ん、何してるの？」

のえるは若葉の隣《となり》に腰《こし》を下ろすと、笑顔《えがお》を向けた。

けれど、若葉はうつむいた。

「……みんなが言ってることをしてみようと思っただけよ」

「援交《えんこう》？」

のえるはズバリと聞いた。

「さみしいおじさんと適当に話して、お金貰《もら》うだけよ」

「いつもうまくいくとは限らないでしょ、捕《つか》まったらどうするつもりよ」

「ちょろいわ。子供に声をかける大人なんて、みんな意気地《いくじ》がなくて、情けなくて、ダメな連中だもの。警察に連絡《れんらく》するようなそぶりを見せるだけで、びびって逃《に》げだすわ」

「脅《おど》して金取るなんて、発想がヤクザね」

「お金に綺麗《きれい》も汚《きたな》いもないわ。どんなに汚くてもお金はお金」

「そこまでして欲しいの？」

「欲しいわ。いくらだってね。お金があれば自由になれるもの」

「何が自由よ。金がなくちゃ自由になれないだなんて、自分は金に縛《しば》られてますって認めてるのも同じじゃないの」

「それで私は満足できるのよ！」

「そうかな？」

のえるは疑問を口にした。

「とても若葉が援交して満足できるヤツには見えないんだけどな……」

「できるわ！　私が自分でしようと思ってやることだもの！」

「無理だね。若葉には無理だよ」

「わかったようなこと言わないで!!」

キッとにらみつけた若葉は、のえるに背をむけ、ネオンの光の中へ消えていった。

「………」

それは悲鳴のような叫《さけ》びに、のえるには聞こえた。

♣

（バカにして……）

駅の裏側は居酒屋や大人の遊び場も多い、いわゆる夜の繁華街《はんかがい》だ。

太陽は完全に没している。ひんやりとした夜風が頬《ほお》をなで、若葉は身震《みぶる》いした。

怖《こわ》いからじゃない、と自分に言い聞かせ、黒い携帯に視線を落とす。

本気だと思われたらどうしようか。
ぶるっと、悪寒《おかん》がする。
気持ち悪い。
(初めてするときは、みんなこんな気持ちになるのかな……)
思わず若葉は、携帯を握《にぎ》りしめた。
(平気よ)
強く。
強く。
(切り抜《ぬ》けてやる)
(大人なんかいいように転がして騙《だま》して、したたかに生きてやるんだから……)
そこへ――、
「待った?」
顔を上げると、カジュアルなジャケットに身をつつんだ男が立っていた。
スマイルの似合うさわやかな顔立ちだ。見たところ、20代後半か。
すかさず手をチェックする。男はブランド物の高級な腕時計《うでどけい》をしていた。
(よし、お金は持ってる……)
「お腹空《なかす》いてない? 美味《おい》しいもの食べに行こう」
「ええ」

若葉は微笑《ほほえ》み返しながら、ポケットの中に手を入れた。
そこには武器があった。大の男でも一撃《いちげき》で倒《たお》すことのできる武器が。
(これさえあれば大丈夫《だいじょうぶ》……)
若葉が先制攻撃《こうげき》をくらったのは、20分後だった。

♣

「……ッ！　……ッ！」
男の拳《こぶし》がみぞおちに決まった瞬間《しゅんかん》、内臓がぐちゃぐちゃに破裂《はれつ》したかと思った。
悲鳴をあげようにも、息ができない。
若葉は自分からベッドに倒《たお》れ込んだ。
よろよろと、よろよろと、吐《は》くような呻《うめ》き声をもらして。
ホテルのやわらかなベッドに、ぼふんと倒れ込む。
(武器を取りだす時間もなかった……)
相手は暴力のプロだった。
はじめから腕ずくで言うことをきかせるつもりだったのだ。
投げ出された太股《ふともも》に、男の手が触《ふ》れた。
「……！」

男は若葉のポケットに手を入れると、その武器を取りだした。

「フン、スタンガンか。用意のいいことだな」

携帯《けいたい》用の電気ショックだ。

「こんなもので俺をどうするつもりだったんだ？　ええっ！」

男はスイッチを入れる。パチパチッと先端《せんたん》に火花が散った。

「や……やめて……」

「そりゃないだろ、お前はコイツを俺に使うつもりだったんだろ？」

笑いながら、スタンガンを若葉に押しつけた。

「あああああああああっ！」

「へへっ、バカが」

男の携帯が鳴る。

「あ、もう到着《とうちゃく》しますか。じゃ、打っときます」

相手は上司なのだろうか。いくぶん真面目《まじめ》な口調で受け答えをすると、男はカジュアルなジャケットの内側から手帳サイズのケースを取りだした。

「！」

若葉は男がケースから取りだした物を見て、絶句した。

注射器だったからだ。

「せめて痛くないようにしてやろうという大人の配慮《はいりょ》？　夢見《ゆめみ》心地《ごこち》で終われるよ」

けけけ、と笑いながら、男はアンプルを注射器にセットした。

「説明しなくてもわかるよな。覚醒剤《クスリ》、お前ら的に言えばキツめのドラッグさ」

「…………ッ！」

若葉は恐怖《きょうふ》した。

逃《に》げなければと、しびれて動けない身体《からだ》に叱咤《しった》して這《は》いずろうとする。

「動くんじゃねえよ」

パンチが飛んだ。若葉は壁《かべ》まで吹《ふ》き飛んだ。

「あ……う……」

逃げなければ。若葉はなおも動こうとして、動けずにいる自分に気付いた。

動けばまた殴《なぐ》られる。その恐怖に身体が硬直《こうちょく》していた。

男に睨《にら》み付けられるだけで身がすくんだ。がくがくと震《ふる》えてくる。

それが、プロのやり口だ。気付いた時にはもう、遅《おそ》かったが。

（…………）

殴られたときに唇《くちびる》を切ったのだろう、舌は血の味がした。

「手間かけさせんな」

男は震える若葉を楽しむように眺《なが》めながら、彼女の腕を取り、針を差し込む位置をさぐりはじめた。

「変態ってヤツは面倒《めんどう》だ。客に顔を覚えられたらやっかいなんだってよ。中学生とヤッちまったら犯罪だからな。だからコイツを打って、お前さんには意識を飛ばしといてもらうのさ。そのあいだに客はやることやってお帰りってわけだ」

「は……はじめからそのつもりで？」

男はニヤリと笑った。

「警察に……！」

「残念だったな。俺の組は政府のエライさんとつながってんだ。ガキが覚醒剤中毒《ヤクチユウ》になったところで、お巡《まわ》り1人動きゃしねーよ！」

若葉は唇を噛《か》んだ。裂《さ》け目がさらに広がって、赤い血がしたたった。

「そうだ、その顔だ」男は満足した。

「俺は世間をナメてる小娘が、そうやって絶望する顔を見るのが好きなんだ」

（ちがう……！）

若葉は思った。

（どうして……わたしが……黒瀬の……!!）

どうしようもない怒《いか》りがこみあげた。

男はその涙《なみだ》を自分なりに解釈《かいしやく》し、笑った。

「なあに安心しな。クスリなら欲しくなったら売ってやるよ」

その時、部屋の扉《とびら》が蹴破《けやぶ》られた。

「ここかァ――――っ！」

弾《はじ》け飛んだ扉と共に、やんちゃなポニーテールが部屋に転がりこんできた。

「誰《だれ》だ！」

小娘だとわかった途端《とたん》、男はドスを利《き》かせた怒声《どせい》をぶつけた。

負けじとのえるも叫《さけ》びかえした。

「その子、帰してもらうわよ!!」

若葉は信じられない顔をして、呆然《ぼうぜん》と、のえるを見ていた。

「どうして、ここが……！」

「最近の携帯《けいたい》は便利よねえ」

そう言うと、のえるは部屋の片隅《かたすみ》に放《ほう》り投げられた彼女の鞄《かばん》をつかんだ。

そこからあるモノを取りだす。

「居場所を相手に教えるGPS機能とか、ついてるんだ」

携帯電話だった。若葉のものではない。

「いつの間に……」潜《ひそ》ませたのか。

「下の階からしらみつぶしにまわってたら遅《おそ》くなっちゃった」

若葉は開いた口がふさがらなかった。

「しらみつぶしって、あなた。全部の部屋を……？」

蹴破っていた。

「余計なお節介《せっかい》かもしんないけれど、気になったらほっとけないんだよね、あたし」

ちなみにのえるが追跡《ついせき》に使ったのは健太の携帯だ。

自分の鞄を渡《わた》したときに、こっそり抜《ぬ》き取っておいたものだ。

健太の携帯に居場所を伝えるメールを定期的に打つようセットした自分の携帯を、若葉の鞄に放り込んで、離《はな》れたところからあとをつけたというわけだ。

「タクシーに乗りさえしなければ、もっと早く来れたんだけどね」

ちなみに健太は、自宅に戻ってもまだ携帯を取られていることに気付いていなかった。

「アンタ流に言えば、気になるのもあたしの勝手ってところよ」

「…………」

若葉は何も言い返せず、視線を切る。

「なんだよてめえは、生意気なガキだな」

注射器をテーブルに置いて、男はのえるに狙《ねら》いを定めた。

人を傷つけることを何とも思わない顔が、殺気に歪《ゆが》む。

怒《いか》りに歪むのは、のえるも同じだ。

「あたしが来るのがあと1分遅かったら、アンタ、何してたのよ」

「教えてやるよ、てめえの身体《からだ》にな！」

「やってみれば？」

鼻で笑うようなのえるの返事に、男はキレた。

だが、キレてるのはのえるも同じだった。

「子供だてらにヒーロー気取りかよ！　ふざけやがっ……！」

「ふざけてんのはてめえだァァァァアァアーッ！」

嵐《あらし》を巻くようなのえるの鉄拳《てっけん》が、男のどてっぱらに叩《たた》き込まれた。

「わ、わかってんのか、オレは羽黒組の……」

「知るかァアァアァアァアァアァアァアァアーーッ!!」

今度は顔だった。

赤く染まった歯が二、三本吹《ふ》き飛んだ。

「う……うう……」

「自分のやってることがイカレてるってわかんなくなったら、人間おしまいだよ」

「オ、オレのバックには……」

「黙《だま》れ！」

トドメの1発を張り飛ばした。

「グハ……ッ！」

「アンタが何年何組だろうと、知ったことじゃないわよ！」

のえるの張り手に男は沈《しず》んだ。

あとは……。

のえるは若葉に振《ふ》り向いた。

すると若葉は言葉につまり、目をあわせることもできなくなって、視線を切った。

「べ、別に、助けてくれなんて頼《たの》んでないから」

「感謝なんかいらないよ。あたしが勝手にやったことだしね」

のえるはそう言って、落ちていた若葉の上着を投げてやった。

「もうわかったでしょ、自分のしてることがどんだけ危険かってこと」

「か……、かまわなかったんだから、私は！」

若葉は叫《さけ》んだ。

精一杯《せいいっぱい》の意地だった。

ここで言い返さなかったら、負ける気がした。

「本気なの……？」のえるはあぜんとした。

「自分の身体を自分でどうしたっていいでしょ！」

「いいわけないでしょッ！」

「いいのよ！　私はお金が手に入ればいいの！　アンタのモラルを勝手に押しつけないでよ！　私は私の……！」

パシィン……！

言い終わらないうちに、のえるの思いっきり広げた右手が若葉を平手打ちにした。

のえるは自分のポケットから財布《さいふ》を取りだすと、倒《たお》れた若葉に投げつけた。

「金だよ、受け取んな」

「……ッ！」

頬《ほお》を押さえる若葉。キッとにらみつける目が怒《おこ》っていた。

だが、のえるの激怒《げきど》はそれ以上だった。

「痛いのわかったでしょ。金貰《もら》ったって痛いものは痛いのよ！　理屈《りくつ》でごまかそうったって、身体はそう簡単にモノになんかなんないのよ!!」

「…………っ！」

わなわなと震《ふる》える若葉は唇《くちびる》を噛《か》みしめた。

その感情がなんなのかわからないまま、のえるをにらみつづけた。

……いっぽう、その隙《すき》に部屋を逃《に》げ出そうとする姑息《こそく》な男がいた。

「ふうん、どさくさまぎれに逃げだそうなんて、イイ根性《こんじょう》してるじゃない」

這《は》いずる男の背を、のえるは容赦《ようしゃ》なく踏《ふ》みつけた。

カエルのような悲鳴があがった。

「ただで済むと思うなよ！　オレの組のバックには政治家がついてるんだぞ！　あとで後《こう》悔《かい》したって遅《おそ》いんだからな！」

しかし、彼女は臆《おく》するどころか「あらま」と笑《え》みをこぼした。

「いいことを教えてもらったわ」

そう言って、自分の携帯《けいたい》を手にする。

電話をかける相手は、世界で一番武力を持った人間だ。

「あ、ハロー、あたし。ちょっと貸して欲しいものがあるんだけど……」

♣

バラバラバラバラ……！

夜の闇《やみ》をつんざいて、闇色の戦闘《せんとう》ヘリ部隊が東京の空を駆《か》け抜《ぬ》けて行く。

自衛隊ではない。

彼らは戦闘のプロだ。

「目標確認《かくにん》」「ロックオン」「発射許可を願います」

各機から指令機のもとへ、攻撃《こうげき》命令を求める声が届く。

湾岸《わんがん》戦争以来、数々の戦火をくぐり抜けてきた隊長は静かに、そして冷静に答えた。

「ファイア」

号令一下、4機のヘリからミサイルが発射された。

白い雲を曳《ひ》きながら地上へのびていった弾頭《だんとう》は、吸い込まれるように目標に命中した。

紅色の屋根をした貨物倉庫は、稲妻《いなずま》のような轟音《ごうおん》を伴《ともな》って四散した。

時価数十億の麻薬《まやく》が一瞬《いっしゅん》にして、灰となった。

炎《ほのお》に照り返されたヘリの機体に、小さくマークされた星条旗が浮《う》かび上がった。

わずか一国にして世界の軍事費の約4割を占《し》める。唯一《ゆいいつ》最強の軍事大国、アメリカ合衆国が誇《ほこ》る海兵隊、その戦闘ヘリ部隊だった。


翌朝のTVニュースで、多摩《たま》地区に発見された大規模な密輸麻薬の集積所に対する米国のミサイル攻撃が報道された。

ホワイトハウスの報道官は、密輸組織が世界規模のテロリストネットワークにも関係している恐《おそ》れがあるため、米国は強硬《きょうこう》手段に踏み切ったことを主張し、日本政府にも事前承諾《しょうだく》を取っていたことを発表した。

首相公邸《こうてい》では、黒瀬総理があぜんとしていた。

「……ワ、ワシは認めとらんぞ!!」

黒瀬は慌《あわ》てて官邸におもむくと、ホワイトハウスへのホットラインを開かせた。

「大統領、これはどういうことですか！　我が国は何も許可しておりませんぞ！　何の事前通告もなくミサイル攻撃などと!!　これは重大な国際法違反《いはん》に……」

「正義に国際法など通用しません」

受話器の向こうから聞こえてきたのは、ロバート大統領の冷ややかな声だった。

「それに、これは私と彼女の友情の証でもある」

「彼女……？」

「ミス総理大臣《プライムミニスター》だ」

「なっ……ッっ」

それから後も、ロバートは何かを言っていたようだが、黒瀬の耳に届いていなかった。

「おっ……おのれ小娘《こむすめ》……。何度も何度もワシに煮《に》え湯を飲ませおって……!!」

黒瀬はわなわなと震《ふる》える拳《こぶし》をテーブルに叩《たた》きつけ、何度も叩きつけた。

それでも怒《いか》りがおさまらず、爆発《ばくはつ》した。

「折原のえるめ！　覚えておれ！　身の程《ほど》知らずの小娘が！　ワシの全権力を使って貴様を潰《つぶ》してやるわ!!」

第2話

大人げないオトナと子供げないコドモ

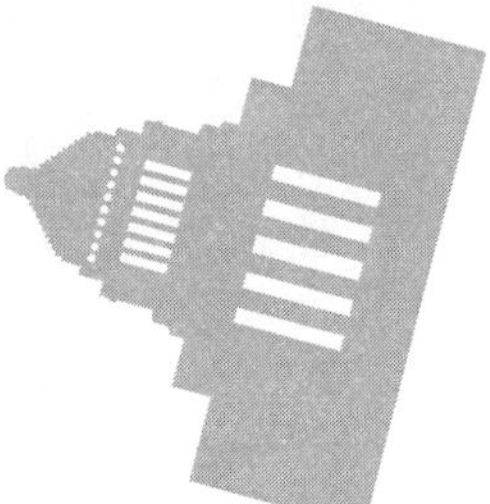

葵若葉は朝からムカムカしていた。

それもこれも気むずかしい顔をしているとバカの一つ覚えみたいに「生理か?」と聞いてくるバカ男子のせいだ。

それもこれも雨だと思って傘《かさ》を持って出たのに、学校に着く頃《ころ》にはぴかぴかの晴れになったバカ天気のせいだ。

それもこれも家を出る前にささいなことで母親と口げんかしてしまったせいだ。

それも、これも、すべての元凶《げんきょう》は——、

「あ、若葉だ! おっはよ〜っ!」

コイツだ。

バカ素直《すなお》に朝早く登校したのはいいものの気分は最悪だった。話しかけられたら、憎《にく》まれ口を叩いてしまう確率は100%、そんな自分に自己嫌悪《けんお》してしまう確率は120%。それぐらいなら予鈴《よれい》が鳴るまでトイレで時間を潰していたほうが遥《はる》かにマシだと教室を出たところで——、
いま一番、顔を見たくない相手と出くわしてしまった。

朝っぱらから能天気なバカ声、何の悩《なや》みもなさそうなバカ面《づら》。知性とか品性というものからまるでかけはなれたバカ頭。

(折原のえる……っ!)

ぴきっ……と、頬《ほお》が引きつるのが自分でもわかった。

（なにが大統領への直通電話よ……。なにが米軍海兵隊よ……）

昨夜の出来事を思い出す。

（あんなの使えば、誰《だれ》だってうまくいって当然じゃない！）

思い出すだに腹が立つ。

そんな彼女の思いも知らず、のえるはにっこりと話しかけた。

「おはよ、若葉」

「人の名前、気安く呼ばないでくれる？」

「えっ、若葉ってニックネームで呼び合いたいほうなんだ」

「だっ、誰が！　あと名前で呼ばないでって言ってるでしょ！」

「はーい」

のえるは素直に返事をした。

それがまたムカついた。

そこへクラスメイトの天野《あまの》雄図《ゆうと》が通りがかった。

「よぉ、折原！　昨日の麻薬《まやく》倉庫の焼き討《う》ちニュースで見たか？　まるでお前が総理やってた時みたいに豪快《ごうかい》だったたな。すかっとしたぜ」

ぴきっ……。

若葉の頬がまた引きつる。

「今度は天野くん家《ち》にミサイル攻撃《こうげき》してあげよか？」

「やめてくれよ〜」

あはは、あははと互《たが》いに笑って、すれ違《ちが》う。

「なにが大統領への直通電話よ。そんな力があったらなんでも出来て当然じゃない」

「若葉も使ってみる？」

のえるは携帯《けいたい》を取り出した。

「いらないわよ！　だから名前で呼ばないでって！」

「そんなにツンケンしてたら疲《つか》れない？」

「私は真面目《まじめ》に生きてるの！」

するとのえるは不本意な顔でそばにいた健太に振《ふ》り向いた。

「まるであたしが真面目に生きてないみたいなこと言ってるんだけど……。ちょっと健ちゃん、何か言ってやってよ」

「いや……。明らかに彼女の言う通りだよ」

フォローしなかった。

「えーっ、健ちゃんまでそんなこと言うのー？」

「誰が見たってそうだよ」

「おっかしーなー」

のえるは首をかしげる。

（まったく……相手にしてらんないわ）

彼女と健太がじゃれ合いのようなやりとりを始めたのを幸いに、若葉は2人の隣《となり》を通り過ぎようとした。

けれど、のえるは若葉を逃《のが》さなかった。肩《かた》をつかんだ
「あのさ。……なんか嫌《いや》なことでもあったの？」

「ないわよッ！」

図星だった。

若葉は腹が立った。言うことなすこと心の内側を針でちくちく刺《さ》すようなのえるの的確な発言に苛立《いらだ》った。

まるで自分の心を見透《みす》かされているみたいだ。

「あんなの認めないわ！」

興奮して、思わず声が上滑《うわすべ》りする。

「なんのこと？」

「昨日のことよ！　昨日、あなたがしたこと全部!!」

「……やっぱ警察に突《つ》き出したほうがよかったのかな？」

「その態度が気に入らないのよ。世の中のことは全部私の思い通りになりますみたいな」

「ならないことのほうが多いけど……」

「やっぱり思ってるんじゃない！」

「そう思ってたほうが楽しくない？　できるぞ、かなうぞって」

「あなたは思いすぎなの！」

カッとなった若葉はのえるに指をつきつけた。

「つまりあなたは卑怯《ひきょう》なのよ！」

「……卑怯？」のえるは自分を指さした。

「大の大人を叩《たた》きのめせる腕力《わんりょく》だとか、米軍呼べる権力があったら、自信満々でいられて当然よ。でもね、普通《ふつう》の女の子はね、痴漢《ちかん》を捕《つか》まえたり、ヤクザを殴《なぐ》り飛ばしたり、アメリカの大統領に電話できたりしないの！　一緒《いっしょ》にされると困るのよ!!」

「してないわよ」

「してるわ！　私につきまとって……」

「気になったから」

「それが迷惑《めいわく》なの！」

「ちょ、ちょっと待ってよ！」

さすがに健太が間に割って入った。

「キミはのえるのこと嫌《きら》ってるかもしんないけど、のえるはキミのこと助けたんだよ。迷惑は言い過ぎじゃないかな」

けれど若葉は限界だった。

これ以上、彼女につきまとわれたら自分がどうにかなりそうだった。

だからキレた。人差し指を思い切り突きだして、彼女めがけて怒鳴《どな》りつけた。

「あのねえ、普通の女の子は彼女みたいに生きられないのよ！」

「じゃあ、フッーにすればいいんだ」

あっさりと言う。

「無理に決まってるわ。あなたが電話、暴力一切《いっさい》禁止なんて」

「わかった、やってみる」

「できるの！？」健太が疑わしい目で見た。

「だって面白《おもしろ》そうじゃない」

ぴきっ……。

若葉はむかついた。

♣

「折原さん！」

ズレたメガネの奥で瞳《ひとみ》が燃えていた。

「なんで職員室に来ないんですか……」

先生は怒《おこ》っていた。わなわなと両肩《りょうかた》を震《ふる》わせていた。拳《こぶし》をぎゅっと握《にぎ》りしめていた。

あ……、とのえるは口をぽかんと開けた。

「忘れてた」

「忘れないでください～っ！」

「も－っ、なんで昨日の今日で忘れられるんだよ～～～！」

隣の席にいた健太は呆《あき》れていた。

「……折原さん、今朝の新聞読んでいます？」

さくらが取り出した透明《とうめい》のファイルシートには、今朝の一面記事が切り抜《ぬ》かれていた。

『中2までの全学年を対象とした、進級能力テスト実施《じっし》』という大見出しにつけられた記事は、「黒瀬内閣は、抜本《ばっぽん》的教育改革に手をつけた、という書き出しから始まっていた。

教育改革に並々ならぬ意欲を燃やす黒瀬総理という内容で『崩壊《ほうかい》した教育現場にメスを入れる』『子供の乱れが社会の乱れを生む』といったコメントとともに『学習習熟度に合わせた臨機応変な進級制度の導入』という政策がうたわれていた。

「がくしゅうしゅうじゅくどにあわせたりんきおうへんなしんきゅうせいど？？？」

やたらと遠回しな表現が政治家流なのだが、一言で説明するとこうである。

「次のテストで折原さんが赤点を取れば、１年生に落とされるということです！」

「え～～～～っ!!」

驚《おどろ》いたのは健太だった。

「いいんじゃない？」

当ののえるはケロリとしたものだ。

「なに言ってるの折原さん！　あなたは中１からの換算《かんさん》成績でいうと、１科目でも赤点を取ると、学年降格になってしまうんですよ!!」

「勉強が楽になっていい感じ♪」

「よくないです！」

「あ、中1じゃ、まだ授業難しいか」

「難しいのか……？」これは健太。

「あ、そか！　中1の試験でも赤点取れば、小6になれるんだ！　それをどんどん繰《く》り返していくと……」

「いくと……？」健太とさくらが声を合わせた。

「めでたく幼児として一日中遊んでられるってわけよ。あっはっはー！」

「何がめでたいんだよ〜っ！」

「そうです折原さん！　いつまでたっても大人になれないんですよ」

「いや、別に、いい年したら学校が許してくれなくても勝手に世の中に出ていくし」

「行かないでください〜っ！」

「そうだよのえる、いつまでたっても幼稚園児《ようちえんじ》なんてみっともないだろ」

「健ちゃんが付き合ってくれるからいいもん」

さも当然のようにのえるが言う。

「な、なんで僕が！」

「2人で幼稚園行こー、行こー」健太の手に腕《うで》をからめて甘えるのえる。

「いーやーだーっ！」引き離《はな》す健太。

「あの……私の話を……聞いて……」

そして、2人のやりとりに取り残されたさくら。

いつもの成りゆきだった。

「と、いうわけでこの問題も無事解決し……」

「僕は幼稚園になんか行かないよ！」

「そうです！　私が行かせません！」

「あたしがテストを受けて、赤点を取らずに済むわけがな〜い」

「勉強しようよ！」

「そうです！　勉強しましょう！」

さくら先生は降格生徒は夏休みに特別補習を受けなければならないことを教えた。

ちなみに補習期間はたったの42日間だった。


「なんですって〜!!」

のえるはすかさず携帯《けいたい》を取り出すと『く』の行にある人物に電話をかけた。

「ちょっとアンタ！　夏休みが補習で没収《ぼっしゅう》ってどういうつもり!?」

『これはこれは**前**総理。ご機嫌《きげん》はいかがかな？』

黒瀬は肩書《かたが》きのある部分を異常に強調する言い回しで、電話を受け取った。

「誰《だれ》かの作ったテストのせいで最悪よ！」

『まさか、**前**総理ともあろう人が落第なんて冗談《じょうだん》を』

「あんたねえ、イヤガラセもいい加減にしないと、あたしも怒《おこ》るわよ」

こんな風にのえるが電話をかけてくるのを待っていたのだろう。待ってましたとばかりに、黒瀬は考えておいた完璧《かんぺき》な理屈《りくつ》を披露《ひろう》しはじめた。

『何を勘違《かんちが》いなされているのかな？　私はあくまで子供たちには学力に応じた教育を施《ほどこ》そうと思って、このテストを導入しようと思ったまでだ。勉強が追いついてない生徒は低い学年で学習しなおし、進んだ生徒は進級する。この制度のどこに問題が？』

「当てつけで思いついたっていう動機が問題なのよ」

『それは**前**総理の思い違いというもの』

「ふうん、じゃあテストが中2までの全学年ってのはどういう意味なのかしら？」

『中3は受験があるだろう』

「受験の年こそ、学力に応じた教育が必要なんじゃないかしら」

『……おっと**前**総理には勉強の時間が必要でしたな。私のせいで**前**総理を落第させてしまっては大変だ。ではでは失礼』

ブチッ。ツーツーツー。

「うぉ～のぉ～れぇ～～～～～～～っ!!」

のえるは一方的に切られた携帯を握《にぎ》りしめた。

通話の途切《とぎ》れた電話の向こうから、黒瀬の下品な高笑いが聞こえてくる気がした。

実際、笑っていた。

♣

のえるたちの住む街で一番高い建物といえば、駅前徒歩一分のところにある20階建ての高層高級マンションだった。

新聞の折り込みチラシに1億円とあって驚《おどろ》いたのを健太は覚えている。

(どういう職業の人がこんな高いところに住むのかな……)

そして今日、健太の脳にさらなる疑問が追加された。

(社会人1年目の先生が、どうやって1億円の物件を購入《こうにゅう》できたんだろ……)

玄関《げんかん》だけでも、自分の勉強部屋より広いことに健太はただただ圧倒《あっとう》された。

「うっわー! 健ちゃん、このお風呂《ふろ》! 自動的に水を張って、お湯を沸《わ》かしてくれるんだって、見て見て!」

「もーっ! キミは勉強しに来たんだろ!!」

すっかりはしゃぐのえるに、健太は我を取り戻《もど》した。

横を見ると、さくら先生がうるうるとした目で自分を見つめている。

「わたくし1人では、折原さんを制御《せいぎょ》しきれません……」

それが、健太も勉強会に呼ばれた理由だった。


30分後。


教室ぐらいの大きさはあるリビングで、のえるはシャーペンを走らせていた。

ほんとうにだだっぴろい部屋だ。ＴＶとかソファとか机とか、どこの家にもあるようなモノは一通り揃《そろ》っているのだが、大きさが10倍はあるのでひどくがらんとして見える。

こんなところに1人で住んで、寂《さび》しくなったりしないのかなと健太は思う。

けれど、さくらはのえるが真面目《まじめ》に勉強に取り組んでいることが嬉《うれ》しくてたまらないらしく、今日は腕《うで》によりをかけてごちそうをつくります！　とか言いだした。

「1時間ぐらいで戻ってきますから」

バタンと扉《とびら》が閉じて、0.1秒後。

「うえ～、もう休憩《きゅうけい》しない？」

案の定、のえるはシャーペンを放《ほう》り出して、フローリングの床《ゆか》にごろりと転がった。

「まだ始めたばっかりだろ～っ」

「太陽系の惑星《わくせい》が9つでも12個でも、あたしの人生には何にも関係ないよう」

ごろりごろり。

「そりゃそうだけどさあ……」

「月にすら、もう行く気をなくしている人類には無用の知識よ〜」

ごろりごろり。

健太が起こそうとすると、ごろごろ転がって逃《のが》れようとする。

「もー、逃《に》げちゃダメだよ」

「逃げてないの、社会矛盾《むじゅん》に対する抵抗《ていこう》運動なの」

「……そーいう言葉だけはちゃんと覚えられるんだね」

「古文も無用だわ」

とにかく勉強したくないのえるは、次々に責任転嫁《てんか》を始めだしていた。

「タイムマシンが実用化もされてないのに、昔の言葉覚えたって、平安時代の人とお話なんかできないじゃない〜っ」

そーよ！　と、のえるは起きあがった。

「ドラちゃんがいれば宇宙にだって行けるし、時間旅行だってできるのよ！」

「……だから？」

「ドラちゃんがいないんだから、あたしは勉強しなくてもいいわけよ！」

「理屈《りくつ》になってないよ!!」

ごろごろごろごろ。

すべすべとしたフローリングの床をのえるは転がった。

「うう〜」

くの字に身体《からだ》を丸めて、猫《ねこ》みたいに頭の下に腕を回す。

「あたしの脳は苦手なことをしようとすると眠《ねむ》たくなるの……」

「……誰《だれ》だってそうだよ」

健太は深いため息をひとつ、ついた。

はぁ。

「あのさあ、いま勉強しなくちゃ夏休み遊べないんだよ？」

「あたし、この部屋に来て、もう一生分勉強した気がする……」

「……キミは一生に30分しか勉強しないつもりだったの？」

「そうだ！　勉強なんてやめて楽しいことしよう！」

「何のためにここに来たのさ!!」

「勉強会に名を借りたパジャマパーティ」

「まじめにやろうよ〜っ！」

「まじめにやろう！　パジャマパーティ！」

ひょいっと立ち上がったのえるはさっそく行動を開始した。

止めようとした健太をするりとかわして、着替《きが》えに行く。

やる気になった彼女に、健太ごときが抵抗できるはずもなく……、

（ごめんなさい……さくら先生）

健太は心で謝りながら、抵抗を止《や》めた。

パジャマに着替えて枕投《まくらな》げをさせられた。


くしゅん。

花粉の季節はとっくに過ぎたというのに、さくらは鼻をすすった。

スーパーの冷房《れいぼう》が利《き》きすぎてるせいかしら、と思った。

ちょうど冷凍《れいとう》食品のコーナーだった。

「よし！　折原さんも苦手な勉強頑張《がんば》ってることだし、ご褒美《ほうび》にアイスクリームを買っていってあげましょ。ふふ、喜んでくれるかしら」

——30分後、彼女は泣くことになる。

♣

結局その日は、わんわん泣きだすさくら先生をなだめてなぐさめて、夕食を作ってあげたり、デザートにはアイスクリームもつけたりで終わってしまった。

「ごめんなさい……」

さくら先生はしゅんとしていた。

「まあまあセンセ、人生思い通りに行かないことは誰にでもあるよ」

「キミが言うなよ」

もう寝《ね》る時間だった。

健太はゴージャスなベッドルームを想像してたのだが、案内されたのは和室にあった。

「子供の頃《ころ》からずっと布団《ふとん》だったので……」

それで、お茶も点《た》てられる豪奢《ごうしゃ》な部屋に布団を敷《し》いて寝ているそうだ。

(ますますわけわかんない……)

首をひねりながら布団を敷いてると、のえるが言ってきた。

「ん？　美女2人に挟《はさ》まれて眠る幸運のすごさを感じているのかなー？」

「違《ちが》うよっ！　結局、ぜんぜん勉強しなかったじゃないか！」

「まあまあ、勉強会なんて得てしてそうなるものよ。健ちゃんも人生経験足りないなあ」

「僕が悪いのか……？？？」

そして3人、川の字になって眠ることになったのだが……。

のえるの言葉にウソ偽《いつわ》りはなかった。

健太は文字通り、美女2人に囲まれて眠ることになった。

2つの布団の端《はし》と端の、ちょうど真ん中で。

(これは、うらやましいことなのかなぁ……？)

ちょっと、疑問に思ってしまう。

「ん、健ちゃん。あたしと一緒《いっしょ》の布団に入りたいの？」

のえるが布団をあげて、いらっしゃーいをする。

たじろごうとした健太は、背中がやわらかいものにぶつかった。

「違うよっ！」

「私が真ん中で寝ましょうか？」

さくら先生だった。

（と……いうことは……僕の背中に触《ふ》れたのは……）

（先生のおっ、おっ、おっ、おっ……）

身体中の血液が頭の中に集まって爆発《ばくはつ》しそうになってる健太の後頭部のあたりで、さくらがまたささやいた。

「長谷川くん、代わります？」

「い、い、いいですっ！」

今度はさくら先生にたじろいだ。

するとまた背中がぶつかる。

「いらっしゃーい」

のえるの布団の中だった。同じものにぶつかった。

「ご、ごめん！」

健太はまた身体《からだ》を離《はな》すと、布団の端と端にぴったり背筋を合わせ、2人にもう1ミリたりとも触れるまいとばかりに身体を硬直《こうちょく》させるのだった。

そして、思うのだ。

(さくら先生のほうが大きかった……)

ますます眠《ねむ》れなくなる健太だった。


んで、数時間後。


健太は押しつぶされていた。

ぐっすりと寝入《ねい》ったさくらに抱《だ》き枕《まくら》のようにぎゅっと抱きしめられていたのである。

胸に顔が来ていた。

(大きすぎるぅ……あう)

感動ではなかった。息がつまって窒息《ちっそく》しそうだった。

(た、助けて……)

足は足で、いつのまにか上下逆さまになっていたのえるに抱きつかれ、プロレスの関節技《わざ》のようなものをしかけられていた。

(ホントに助けて……)

ただ眠るだけなのに健太は死にかけていた。

(2人とも寝相悪すぎるよ……!)

そんな感じで、夜は更《ふ》けていった。

ちなみに、のえるは次の日から勉強をするようになった。

さすがに夏休みが没収《ぼっしゅう》されるのは嫌《いや》らしい。

「もーっ！　誰《だれ》が鎌倉《かまくら》幕府倒《たお》したって、結局、戦国時代は始まるのよーっ！」

とか、言いながら。

♣

若葉が帰宅するのはだいたい夜の10時を過ぎた頃《ころ》だった。

代々木《よよぎ》の塾《じゅく》に通っているので電車を乗り継《つ》がねばならず、どうしても帰宅は遅《おそ》くなる。

時計台広場には行っていない。二度と行く気はない。

バカなことをしたな、と思う。

怖《こわ》い目にあっただけだった。不愉快《ふゆかい》な思いをしただけだった。

あんなカタチでお金を手に入れようだなんて、二度と思わない。

でも、普通《ふつう》のバイトでは……。

（高校に通うお金は作れないだろうな）

そう思う。

（あきらめるしか、ないのかな……）

流れる車窓の景色を見ながら、若葉は憂鬱《ゆううつ》になった。

いつからだろう。

家に帰るのが憂鬱になったのは。

お母さんが待っている。どんなに仕事が忙《いそが》しくても私が帰る時間には戻《もど》っていて、温かい御飯《ごはん》とお風呂《ふろ》を用意してくれている。いつも笑って、お父さんが死んでから6年、女手一つで私を育てて、私のことだけを考えて、私の幸せのためだけに生きて、苦労なんか少しも見せずに明るい顔を見せてくれる。

(だから――、私は何も言えなくなる)

若葉は、塾の先生からもらった志望校合格予想表を見た。

第一志望には二重丸がついている。確実に合格できるという判定がついていた。

母の喜んだ顔を想像して、若葉は切なくなった。

耐え難《がた》い我慢《がまん》をしてまで母がお金を貯《た》めているのは、私のために他《ほか》ならないのだから。

「……見せられないよ」

お母さんの顔を見たら、絶対に言えなくなる。

(高校には行きたくない、なんて)

電車は駅に着いた。若葉はホームに降りた。そしてゴミ箱に予想表を捨てた。

「ごめんね、お母さん」

そう、つぶやいて。

「なに言ってるの若葉！　塾の先生が行けるって言ったんでしょう！」

「だって私立は、お金かかるじゃない」

「いいわよそれぐらい。それぐらいのお金、母さん貯めてあるから！」

「お母さん。……あの……あのね」

最後の言葉が言えなくなって、若葉は唾《つば》を飲み込んだ。

「どうせ行くのだから、いい高校にしなさい。若葉にはそれだけの力があるんだから」

「お母さん。あのね……、私ね……」

母の顔が見れなくてうつむく。緊張《きんちょう》と不安で動悸《どうき》が激しくなる。今から告げる言葉は母の願いを裏切る言葉だ。でも、言わなければならない言葉だ。

（もう、アイツの金で生きていくのなんて嫌《いや》！）

だから言った。

「進学やめて私も働けば、あんなヤツのお金もらわなくたって生活していけるよね？」

「なっ……」

母は、言葉を失った。

おろおろとよろめいて、力をなくしたように尻《しり》もちをついてしまった。

「若葉……、いつから……？」

「前から知ってた。母さんが……お金を貰《もら》っていたこと」

「…………」

母は放心したように、ひしがれていた。

「ごめんなさい……」

そう言う若葉の声は震《ふる》えていた。

ああ！――若葉は目を閉じた。

想像通りだった。頭の中で何度もシミュレーションしたやりとりの言葉だった。なるべくしてなった。予想通りの最悪の展開だった。

言いたくなかった。母には絶対に言いたくない言葉があった。

でも、言わなければわかってもらえない。

「でも、私……、黒瀬《アイツ》の金なんか使いたくないの」

拳《こぶし》を握《にぎ》りしめ、わなわなと震わせて、身も裂《さ》けよとばかりに叫《さけ》んだ。

「お父さんを殺したヤツの金なんか、一円も使いたくない!!」

能力テストは、翌日のことだった。

♣

（そろそろ帰らないと黒瀬内閣を倒《たお》す前に、我が家が倒れそうなんだがな……）

そんなことをぼやきながら、鈴原《すずはら》が今月に入ってから帰宅したのは2日ほどだ。

（このままだと、俺が離縁《りえん》されちまう）

日刊新聞政治部デスクの鈴原は、ぼさぼさになった髪《かみ》をくしゃくしゃと掻《か》きながらパソコンのディスプレイに目を走らせていた。

デスクともなれば自分で記事を書く必要はない。部下の書いたものにチェックするのが役割だ。40代も後半になれば家庭もある、仕事だけに没頭《ぼっとう》するわけにもいかない。

しかし鈴原には確信があった。

「葵事務次官、汚職《おしょく》を苦に自殺、か——」

過去の記事から、黒瀬に関連する報道を一から調べ直して、いま7年前に進んだところだった。

黒瀬が外務大臣だった当時、ＯＤＡ（政府開発援助《えんじょ》）を巡《めぐ》る入札疑惑《ぎわく》で当時事務方（官《かん》僚《りょう》）のトップだった葵事務次官が関係業者から賄賂《わいろ》をもらっていたという事件だ。事務次官は罪を苦に自殺、事の真相はうやむやになったが、官僚の汚職ということで話題になったニュースだった。

「ん？」

次の記事は欧州《おうしゅう》訪問だった。企業《きぎょう》視察で訪《おとず》れた工場にドルマンという名を見つけた鈴原は写真のデータを呼び出す。表示された画像にはどんぴしゃり、肩《かた》を組んでカメラのフレームにおさまる黒瀬とドルマンの姿が映っていた。

「なるほど、古くからの仲ってわけだな」

ニヤリと笑うと、鈴原は今日25本目になるタバコに火をつけた。

まだ証拠《しょうこ》はない。

だが、アイツらには必ずなにかある。

それはペン先1つで数々の内閣の汚点を暴《あば》いてきたプロとしての勘《かん》だった。

(帰るわけにはいかねぇよな)

使命感に突《つ》き動かされるままに、鈴原は次の記事に目を移した。

♣

「おっ、勉強で出てきたところだ～♪」

答えが出せれば、テストだって楽しい。

のえるはうきうきとした顔で問題用紙に目を走らせた。

同じ教室では——、
マークシートに自分の名前を記入すると鉛筆《えんぴつ》を放《ほう》り出し、それきり目もくれず、ベルが鳴るまで窓の外を眺《なが》めていた生徒がいた。

若葉だった。

5教科分、5回繰《く》り返した。

テストの結果が戻《もど》ってきたのは5日後だった。

出席番号の順に名前が呼ばれ、点数を記した紙が返却《へんきゃく》される。紙は雑誌を開いた程度の大きさの紙にマークシートで記入した回答に対する全科目全問題の結果がプリントアウトされていて、最後に総合の点数が書かれている。

結果には自信のあったのえるは、自分の名が呼ばれるや、うきうきとシートを受け取りにいった。

ところがなぜか、さくら先生は悲しそうな顔をしていた。

健太がジト目でのえるに聞いた。

「……解答欄《らん》を一段ずつ間違《まちが》えていた、なんてオチじゃないだろうね……」

「もしかして……」

たらりと、嫌《いや》な汗《あせ》が流れる。のえるは覚悟《かくご》してシートを開いた。

国語　75点

「すごいすごい！　あたし天才じゃないかしら!!」

「うん！　なかなかいいと思うよ！」

英語　80点

「のえる、すごいよ！」

「ま、生活してたしね、海外で」

数学　35点
「あ、あう……」

「大丈夫《だいじょうぶ》大丈夫、国語と英語のアドバンテージがあるから！」

社会　50点
「……や、やばい」

「まだわかんないよ！　最後がある!!」

理科　65点
「やった！　平均点クリアだよ!!」

「もーっ、センセったらそんな顔して、びっくりさせちゃってー。３０５点もあるじゃない！　これで夏休みはあたしのものね!!」

「折原さん、最後の科目を見てください……」

「へ？」

素行

マイナス1億点

合計

マイナス99999695点

「ど、どっ、どっ、どっ……！」のえるは目が点になった。

「どういうことよ～～～～～～～～～～～～～～～～～～～～～～っ!!」

先生の説明によると、部活や委員会、ボランティアや一芸といった個人の活動を加点するための科目として「素行」というものが付け加えられたとのことだった。

ちなみに『学習習熟度比例進級判定テスト新法』によると、素行点をつけることのできる人間は、担任教師、校長、教育長、文部大臣、総理大臣とあった。

「総理大臣……………………」

すべての謎《なぞ》は解けた。

そこへ。

〝でーんでで、でんでーん！　でででんでんでーん！〟

のえるの携帯《けいたい》がけたたましく鳴りだした。

「この着メロは……」

のえるは最近一番憎《にく》たらしいヤツのために、着メロサイトからダウンロードした日本で一番音痴《おんち》なガキ大将のテーマソングだった。

『ご機嫌《きげん》いかがかな？　折原**前**総理』

「黒瀬っ！」

電話の向こうから、下品なオヤジの笑い声が聞こえてきた。

『**前**総理ともあろうものが落第とは、情けないことですなぁ』

「だぁれがあたしを落第させたのよ！」

『日本を追放されない、だけ、ありがたいと思うのだな』

黒瀬の声が、突然《とつぜん》鋭《するど》くなった。

『これから日本は私の国になる。貴様のような生意気で反抗的《はんこう》な子供は必要ない。だが、格別の慈悲《じひ》をもって、更生《こうせい》する機会を与《あた》えてやろうというのだ』

「な、何を言ってるの？」

『日本は変わる。私と友人の手によってな。貴様が東京に戻《もど》ってくる頃《ころ》には、まったく別の国に生まれ変わってるだろうよ。うわは、うわは、うわははははは！』

そして、のえるたちはバスに乗せられ瀬戸《せと》内海《ないかい》に浮《う》かぶ孤島《ことう》に連れていかれた。

同日。黒瀬首相より、重大な声明が発表された。

それは日本国が破産した、という発表と、数百兆に及《およ》ぶ政府債務《さいむ》の返済にあてるために、資産に応じて国民から2割〜5割の財産を強制没収《ぼっしゅう》する貧富是正《ぜせい》税の導入。

そして、日本列島の証券化、であった。

黒瀬誠一郎はテレビカメラの前で涙《なみだ》ながらに訴《うった》えた。

「国民の皆《みな》さん、痛みに耐《た》えてください」

第3話

折原のえるは教師の手先

乾島《いぬいじま》は、戦後になって生まれた島だ。

かつて瀬戸内海の中央に、どこの県にも所属しない島があった。

地図に記載《きさい》されなかった島。

人工衛星のある現代ではもはや意味を成さないが、江戸《えど》幕府《ばくふ》が滅《ほろ》びて廃藩置県《はいはんちけん》が行われた際、明治政府が公《おおやけ》にしたくない用途《ようと》のために記録から抹消《まっしょう》した島である。

どんな用途だったのかは、それでだいたいの想像はつくだろう。

戦後になって岡山《おかやま》県に編入されたこの島は、今では100人ほどが漁業を営む港として存在していた。大きさそのものは2、3時間も歩けば一周できてしまうぐらいの瀬戸内海にはありふれた島なのだが、近づけばその異様さに気付く。

今もなお島の東南部に残る、山の斜面《しゃめん》を切り崩《くず》して築かれた高さ十数メートルのコンクリート壁《へき》は収容所の跡《あと》だ。

そんな島に、のえるたちは連れてこられた。


意外にも、校長と教師陣《じん》は港で彼らを待っていた。

フェリーから生徒が降りてくる。100名ほどの中学生たちだ。いずれもZ判定をくらった生徒たちである。男は7で女は3。制服をまともに着こなしている者は1割程度。のえるや健太、ほのか。そして若葉はそのまとも組と言ったところだ。

健太やほのかはのえるの友達ということで素行点のマイナスを食っていた

港で生徒たちを出迎《でむか》えた林田《はやしだ》校長は、白髪《はくはつ》混じりの小さな爺《じい》さんだった。

「ようこそ動物園へ」

校長は足が不自由なのか、左手で杖《つえ》をついている。そして右手にはタバコ。

彼は生徒を一瞥《いちべつ》すると、咥《くわ》えていたタバコを海に投げ捨て、しわがれた声をあげた。

「この島に来るようなお前らに、ルールを守れだの、協調性を持てだのと、人間として当然の常識を今さら要求するつもりはない。それが理解できていれば、こんな島に来るはずはないのだからな」

それは当たっていた。

マークシートテストである以上、どんなに成績が悪くても勘《かん》に任せて解答欄《らん》を塗《ぬ》りつぶしていれば、何点かは確実に取れる。Zは、取りたくても取れる判定ではないのだ。

つまりここにいるのは、わざわざ白紙のテストを出すような「従順ではない」生徒や、さまざまな理由で「問題のある」生徒など、おおよそ大人に目をつけられている異端児《いたんじ》ばかりだった。

(さくらセンセも、それであたしにいい点取らせようとしたのね……)

生徒たちの群れの中にいるのえるは、そんなことを思った。

(……ま、何点取ろうと無駄《むだ》だったんだけどね)

500点満点のテストで、マイナス1億点などをつけられては。

(しかし、まともなのはいないって意味じゃ、先生たちも似たりよったりだと思うけど)

校長の両脇《りょうわき》に並ぶ男たちに、いわゆる先生然とした者は1人もいなかった。

教師は男ばかりでスーツ姿の者は1人もいない。いずれもジャージ着用の竹刀《しない》持ちだ。竹刀の代わりに、ハンドスピーカーであったり、指示棒を持っていたりの違《ちが》いはあるが、のえるの目には知性を持っていそうな者は誰《だれ》1人いなさそうに見えた。

教師は腕《うで》に緑色の腕章《わんしょう》をしていた。そうでもなければヤクザと見分けがつかないということなのだろうか。

「なんか、勉強教わったら余計バカになりそうね……」

「しーっ！　しーっ！」健太は慌《あわ》てた。

のえるの言葉が聞こえていたわけではないのだが、校長は告げた。

「言っておくが、ここで勉強を教えるつもりはない」

「わ、やった！」のえるは喜んだ。

「もーっ！　聞こえたらどうするんだよ！」小声で健太が叱《しか》る。

どちらかといえば安堵《あんど》の声のあがる生徒たちへ、校長は続ける。

「ワシらの仕事は、貴様らを『人間』に戻《もど》してやることだ。秩序《ちつじょ》というものを理解し、社会に対する忠誠心を持った人間にすることだ」

「俺たち人間じゃねーってことかよ」「犬じゃねーんだよ」「差別差別」

生徒たちから罵声《ばせい》が飛んだ。

そうだそうだと追従《ついじゅう》の声も上がる。

「ほう、犬か」

校長はせせら笑った。

「上等じゃないか。犬は上下関係を理解する社会性を持ち、飼い主に忠誠を尽《つ》くす。お前らより、よっぽどマシじゃないか」

「なんだと！」

先頭にいた体格のいい生徒が、校長に殴《なぐ》りかかろうとした。校長の倍はあろうかという上背の男子だ。校長までの距離《きょり》は3メートルもない。

だが、校長はいささかもひるむことはなかった。

両脇にいた教師が飛び出すことがわかっていたからである。

男子は柔道《じゅうどう》では県内で一、二を争う実力を持っていた。だが、教師たちはあらゆる意味で上手だった。何の躊躇《ちゅうちょ》もなく顔面を殴りつけると、彼を組み伏《ふ》せた。

「杖つきのジジイなど、ものの数ではないと思ったのだろう」

校長は男子に歩みよると、杖で彼の背中をぐいと突《つ》いた。

男子の悲鳴があがった。

しかし校長はためらいもなく、じりじりと体重を杖にかけてゆく。

「だがワシはお前よりはるかに強い。なぜだかわかるか？　社会というものはお前らには理解できない力で動いているからだ。たとえワシが小指ひとつ動かせなくとも、お前より強い！」

痛みに耐《た》えかねた男子はついに絶叫《ぜっきょう》をあげ、止まった。失神したようだ。

校長は告げた。

「ここは動物園だ。人間になれた者から出ていくことができる。言葉もモラルも持たず、獣《けもの》のように生きる者には檻《おり》とエサが用意してある。選ぶのはお前らだ」

生徒たちはしん、と静まりかえった。不平不満の声はもう、上がらなかった。

林田校長は鼻でせせら笑った。

「調子のいいものだな。罰《ばつ》があると知ればすぐにおとなしくなりおって」

やれ、と脇にいた教師に命じた。

若いスキンヘッドの男が進み出た。

眉村一斗《まゆむらいっと》、教員試験に合格した立派な教師である。

1週間で暴力事件を起こして、免許は失っているが。

彼は気絶している少年の身体《からだ》を片手でつかみあげると、無造作に海へ放《ほう》り出した。

「ガハッ！」

水をのんで少年は意識を取り戻した。何が起こったかわからず、パニックで溺《おぼ》れだす。

「た、助けてっ！」

「なに夢みてんだ、バカが」

眉村は冷たく言い切った。

「世の中には理不尽《りふじん》な出来事が、ままにしてある。理由もなく死ぬことすらな」

「！」

その言葉に、のえるは心臓がどくんと大きく弾《はじ》けるのを感じた。

（理由もなく死ぬことすら……！）

肯定《こうてい》するかのような彼の言葉に、のえるは身体が震《ふる》えだした。

「教師は人を殺せないと思ったか。不良のくせに考え方が甘いな。お前らの小さな世界より世の中のほうがよっぽど残酷《ざんこく》なんだよ。どんなヤツだろうと死ぬヤツは死ぬ。運が悪いの一言でな。そのたびに大人が悪いだの、社会が悪いだのとキレられるほど甘いとこじゃないんだよ！　学校と違《ちが》ってな！　ハ、ハ、ハ！」

生徒たちは沈黙《ちんもく》した。

「ひどい……」とつぶやく生徒もいたが、もはや声と言える大きさではない。怖《こわ》いのだ。容赦《ようしゃ》のない眉村への恐怖《きょうふ》ですくみあがって、何もできない。うつむいたり、顔を背《そむ》けたりするぐらいが限界であった。

そんな生徒たちを見て、眉村は満足した。

（こんなものだ。生意気なヤツほど生存が脅《おびや》かされれば従順になる）

そろそろ助けてやるか、そう思った矢先。

もやいの綱《つな》が投げ込まれた。

「だ、誰《だれ》だ！」

眉村は目を剥《む》いて、１人の少女をにらみつけた。

視線に気付いた彼女は、ハン、と受け流した。

「人が溺れてるのに何もしないアンタらこそ、よっぽど人間失格なんじゃない？」

「き、貴様ァ……！」

眉村はのえるの胸《むな》ぐらをつかみあげた。

「やめろ！」

校長が制止した。

眉村はのえるを離《はな》した。

「顔に見覚えがあると思ったが……お前が折原のえるか……。総理直々に話は伺《うかが》っておる。直々にな」

ふうん、とのえるは挑発的《ちょうはつてき》な笑《え》みを浮《う》かべた。

やんちゃなポニーテールが風になびいていた。

「アンタたちがあたしをどう判定しようとかまやしないけど、あたしは目の前で死にそうなヤツをほっとけるほど『人間』できてないんでね」

「面白《おもしろ》い」眉村は唇《くちびる》をなめた。

「夏が終わるまで、そんなことが言ってられるかどうか、本当に楽しみだ」

校長の隣《となり》へ戻ると、眉村はヤクザの世界でならかなりの美声として通るだろうドスの効いた重低音を響《ひび》かせた。

「この島でのルールは１つだけだ！」

「俺たちに従ったものから自由になれる。以上だ」

これには生徒たちもあっけにとられた。

てっきり辞書よりも厚い規則を押しつけられ、ロボットのような生活を強《し》いられるものだとばかり思っていたからだ。

「さっそく今日の授業を始める」

眉村は手にしていたバットを肩《かた》にかつぐと、最初の課題を与《あた》えた。

「日没《にちぼつ》までに寄宿舎にたどりつけ」

生徒たちは誰も彼も、山の中腹にある灰色の建物を見上げた。

フェリーから見たコンクリートの要塞《ようさい》だ。収容所跡《あと》の。

太陽はまだ傾《かたむ》き始めたばかりだ。多少の坂道はあるが寄宿舎は山の中腹だ。2時間もあれば荷物というハンデを背負っても夕方までには行ける距離だった。

体力に自信のありそうな生徒たちから、笑《え》みが浮かんだ。

「もう行っていいのかよ！」

「好きにしろ」

言うや、気の早い男子たちはすぐに飛び出した。

十人ほどが聞こえない距離まで走りだしてから、眉村は続けた。

「しかし寄宿舎に入るためには、ある印が必要になる」そう言って眉村は印をつけたボールを取り出した。

「あの山の頂にこれと同じ印のボールが置いてある。それを取ってこい」

「おーい！　お前ら、戻《もど》ってこい！」

声をあげて、先行する生徒たちに教えてやろうとする者が現れた。

眉村は笑った。

「いいのか？　ボールはお前らの数より少な目にしか置いてこなかったぞ」

その声が引き金となった。それまでだらだらと動いていた生徒たちは誰も彼も標高300メートルはあるだろう山の頂めがけて一斉《いっせい》に走り出した。

のえるは例外であったが。

両腕《りょううで》を頭の後ろに組みながら、わざと挑発するようにのんびりと歩くのえるは、眉村の横を通り抜《ぬ》けざまに、こう言った。

「さっすが寂《さび》れた動物園、笑えない出し物がいっぱいね」

「それじゃ、笑えるようにしてやろう」

のえるの目の前にドサッと、砂袋《すなぶくろ》入りのリュックが投げ出された。

「お前はこれを背負ってやれ」

地面に落ちた時の感触《かんしょく》で察するに、ゆうに50キロはあるだろう。

眉村はわざとのえるの腕が届く距離に入った。

「殴《なぐ》りたければ殴れ。貴様が先に手を出せば俺たちは罰《ばつ》を貴様に与えることができる」

「…………」

「この世ではどんな理由があろうと殴ったほうが負けだということを、貴様のような狂《きょう》犬《けん》には教えなくてはな。ハ、ハ、ハ」

笑う眉村の後ろには、得物《えもの》を持った教師たちが控《ひか》えていた。

（やれない人数じゃない……）

のえるの握《にぎ》る拳《こぶし》に力がこもった。

（けど――！）

拳を開いた。

「ジョーダンでしょ。あたしは負けるケンカはしない主義なの。これ、背負えばいいんでしょ？」笑ってボストンバッグを降ろすと、リュックを背負い、

「これぐらいのハンディがないと、みんなに悪いしね」

そう言って、走り出した。

「ま、待ってよ、のえる！」健太があとを追った。

2人が去ったあとで、眉村はツバを吐《は》き捨てた。

「なにが負けるケンカはしない主義だ。そんな女がする目か」

彼女が笑っていたのは顔だけだ。その目は凜々《りんりん》と反抗《はんこう》的な炎《ほのお》をたたえていた。

「いいだろう折原のえる。貴様には相応の教育をしてやろう」

♣

マイナス点の少なかったほのかは、のえるたちとは別のグループにいた。

みんなが走り出した時、すぐさまのえるたちを捜《さが》したのだが、見つからなかった。体力（と自分）に自信のないほのかは、2人とも（自分を置いて）先に行ったに違《ちが》いないと思いこんで、後ろを振《ふ》り返ることをしなかった。

アスファルトの道は港を出てしばらくしたところで切れていた。そこからは土の道が適当にのびていて、いくつかの細い道が山を囲む森に向かって切れている。。

性格的に選択《せんたく》が大の苦手なほのかは頭を抱《かか》えたが、迷う時間的余裕《よゆう》もなかったので、そのとき自分を追い抜いていった人についていくことにした。それが一番の近道だった。細い道はやがて途切《とぎ》れ、木々の間に申し訳程度の地ならしのある獣道《けものみち》となり、前の人にもどんどんと引き離《はな》されてしまったが、どうにかボールを手に入れることができた。ケースの中には数個しか残っていなかった。危ないところだった。

（みんな、道に迷ってないといいけど……）

道に戻ってからも、ほのかは気を抜かず走り続けた。

大きくうねるカーブを曲がると、十数メートルはある灰色の外壁《がいへき》が遠くに見えてきた。

（あと、もうちょっとだ！）

ほのかの顔に笑《え》みが浮《う》かんだ。

だが、それを目の前にさしだされたナイフが塞《ふさ》いだ。

「出せよ」

道沿いにあった石に腰掛《こしか》けていたのは3人の男子だった。

耳にピアスが2人、そして、半袖《はんそで》から見える腕《うで》に入れ墨《タトゥー》をした少年。

「あと1個でオレたち揃《そろ》うんだ。早く出しな」

入れ墨《タトゥー》の少年は、ほのかに近づいた。

ぱちんぱちんと音がする。ナイフを畳《たた》んだり開いたりする音だ。少年は手元に目をくれることもなく手足のようにナイフをもてあそんでいる。手慣れていた。

ほのかは恐怖《きょうふ》した。

顔は青ざめ、肩《かた》はすくみ、足は知らずと後ずさる。

「まっ、まだ、頂上にボールはありますっ……」

「誰《だれ》がそんな面倒《めんどう》なことするかよ、かったりぃ」

少年は唾《つば》を吐き捨て、一気にほのかに詰《つ》め寄った。

ナイフを彼女の頰《ほお》にあてる。

「いいか？　ちくったらタダじゃおかねえぞ。女なら、殴《なぐ》られるより嫌《いや》なことといくらでもあるよなァ、へへっ」

「…………っ！」

ほのかは頭の中が真っ白になった。

（た、助けて……！）

全身が凍《こお》り付いたように動かなくなって、悲鳴があげられなかった。

するとと少年はナイフをわずかに頬から離し、彼女に安全という選択肢《せんたくし》を与《あた》えた。

「さあ、ボール出せよ」

「は……はい……」

ほのかの手が動いた。嫌だけど、仕方ない。

早く彼から逃《のが》れたい。それだけの思いだった。

だが、ボールは彼の手におさまることはなかった。

突然《とつぜん》横から飛びこんだ影《かげ》が、少年の横頬を拳骨《げんこつ》で思い切り殴り飛ばしたからだ。

ズザア……ッ！

乾《かわ》いた砂が景気のいい土煙《つちけむり》を上げ、少年を転がした。

「ほのかの前じゃ、こういうことは二度としたくなかったんだけどなあ……」

ショートカットの彼女は、頭に手をあてながらそんなボヤきを口にした。

彼女を見て、ほのかはみるみる笑顔になる。

「忍《しのぶ》ちゃん！」

「いつの間に島送りにされるような不良になったんだ？　ほのか」

「てンめえ！」

少年が立ち上がった。余裕ヅラで見ていたピアスボーイたちも顔色を変える。

武器を取りだし、忍を仕留めようと大地を蹴《け》る。走り出す。

「忍ちゃんは……なんで？」

ほのかは不思議そうに聞いた。

心の底から、忍はこの島に来なければならないほどバカでもないし、悪いこともしてないと思っているのだ。

（ホントに……この子は……）

忍は胸が熱くなっている自分に気付いた。彼女にはいろいろひどいこともしてきたというのに、彼女はいい思い出だけを大事にして、そんな風に思ってくれているのだ。

忍は「さあな」と首をふると、男どもに向き直った。

「でも、ま、総理大臣刺《さ》すような女は、いろいろ問題あるんじゃない？」

素手《すで》だった。迫《せま》る男は3人。いずれも刃物《はもの》を持っている。

「忍ちゃん！」

「大丈夫《だいじょうぶ》！」

叫《さけ》ぶや、巻き上げられた忍の右脚《みぎあし》が入れ墨《タトゥー》の少年の手からナイフを蹴り上げた。

しゅるしゅるしゅる……！

風を切って頭上に飛んだナイフはやがて落ちてくる。

それを忍は、見もせずにキャッチした。

ナイフの扱《あつか》いにかけては、彼女のほうが何枚も上手だった。

「なっ……！」

驚愕《きょうがく》する少年たちに、忍は告げる。

「刃物持てば誰《だれ》だって強くなれるよな、お互《たが》い」

「う……ぐ……」

忍はナイフを突《つ》き付けた。

凶器《きょうき》にたじろぐのは、少年の番となった。

ピアスボーイたちも仲間を人質《ひとじち》に取られて、立ち止まる。

「けど、私はいらない」

忍はナイフを投げ捨てた。

一瞬《いっしゅん》、何が起こったかわからなかった。ほのかですら目を疑った。

「武器はもう、使わないんだ」

「忍ちゃん……！」

「あーっはっはは、お前バカかよ！」

少年たちは笑った。忍の行動をあざ笑った。

何も感じず、むしろチャンスとばかりに飛びかかった。

「今どき、そんなクサく生きるヤツいねえっての！」「勝手にくたばりな！」

「あんたらがね」

手刀が2発、ピアスボーイたちの後頭部に命中した。

2人が崩《くず》れる。ポニーテールが躍《おど》る。

倒《たお》れた男子たちの後ろから、リュックとボストンバッグを抱《かか》えた汗《あせ》だくの少女。

「のえるさん！」

「やっほーっ」ひらひらと手をふる。

3対1の劣勢《れっせい》に追い込まれたのは入れ墨《タトゥー》のほうだった。

あっさりと仲間を見捨てることを決めた彼は、逃《に》げるにしかずとのえるに背を向けた。

目の前に、忍がいた。

「どこ行く気だ？」

入れ墨《タトゥー》はボコボコに叩《たた》きのめされた。


「ふぇえええええええ〰〰〰〰〰〰〰ん」

ホッとして緊張《きんちよう》がほどけたのだろう、ほのかは地べたにもかまわず、ぺたんと尻《しり》もちをつくと声をあげて泣きじゃくった。

「なっ……！」

忍は慌《あわ》てた。また自分が泣かせる理由を作ったのではないかと焦《あせ》ったのだ。

しかし、のえるがよしよしとほのかをなだめるのを見て、ホッとする。

なんのてらいもなく、素直《すなお》にほのかを慰《なぐさ》めることのできるのえるをうらやましく思いながら、忍は眼下に広がる海をみた。

まだ太陽は水平線の上にある。泣きやんでから歩き出しても間に合うはずだ。

そんなことを思って、微笑《ほほえ》む。

「さすがのお前も、そんなに背負えば大変か」

ちょっとね、とのえるは笑った。

「さすがに2周目はしんどいわ」

忍は肩《かた》をすくめながら、呆《あき》れまじりの声をもらした。

「あいかわらずムチャクチャな女だね」

♣

寄宿舎についたところで、彼女たちはそれぞれの部屋を割り当てられた。

ほのかは忍や若葉と同班になった。

夜までは自由時間が与《あた》えられたので、ほのかと忍は久しぶりに一緒《いっしょ》に歩くことにした。

海も見えない灰色の塀《へい》がロケーションでは、味も素っ気もない散歩だが、互《たが》いに相手がいさえすればそれだけで満たされた。互いの瞳《ひとみ》を見ればわかった。

「忍ちゃん、元気そうでよかった」

愛らしい顔を満面の笑《え》みにして、ほのかは言った。

こんな島であっても幼なじみに逢《あ》えたことが、本当に嬉《うれ》しいのだ。

「新しいクラスには馴染《なじ》めた？」「バスケ部はどう？」「困ったことない？」

矢継《やつ》ぎ早《ばや》に訊《たず》ねる。おとなしいほのからしくないといえば、らしくない積極さに忍はちょっと驚《おどろ》いた。何かあったのかと聞くと、こんな返事がかえってきた。

「だって心配なんだもん、忍ちゃんのこと」

「……そんなに困った顔をしてるか？　私」

「ううん、違《ちが》うよぅ」

ほのかは両手を振《ふ》った。

「元気そうにしてる忍ちゃんを見ると、二度とあんな思いはしたくないなぁって思って、つい色々訊ねたくなっちゃうの」

ごめんね、と謝って、忍の手を握《にぎ》った。

「もう二度と、忍ちゃんをひとりぼっちにさせたくないんだ」

「………………」

忍は、ただうなずいた。

口にしたい思いは山ほどあったが、どれほどの言葉を費《つい》やしたところで、彼女が自分にかけてくれる気持ちには及《およ》ばない気がして、にっこりと笑みを浮《う》かべるだけで済ました。

「折原さん、大丈夫《だいじょうぶ》かなあ？」

ほのかが言った。

「大丈夫だよ」忍が肩を叩《たた》いた。

「死んでも生き返るようなヤツだぜ。何があったってヘタレるもんか」

♣

夜になり。

「な〜に〜よ〜こ〜れ〜え〜〜〜〜〜〜〜〜〜〜〜〜っ!!」

反響音《はんきょうおん》で、のえるの声がいんいんと響《ひび》いた。

「今日からそこがお前の部屋だ」

頭上から眉村の声がする。

きーっ、とのえるが地団駄《じだんだ》を踏《ふ》むと、ばしゃばしゃと音がして、水面に映るふっくらと丸みを帯びてきた月がスクランブルエッグのようにぐちゃぐちゃになった。

ここは井戸《いど》の底だ。10メートルほどの深さはあろうか。

「これのどこが部屋よ！　両手を伸《の》ばしたらもう、つっかえるじゃない！」

「安心しろ。飯はやる」

と、盆《ぼん》ごと投げ落とす。月光を遮《さえぎ》りながら落ちてきた皿が飛び、中身が飛び、バラバラになって水の中に落ちた。すくってみるとごはん粒《つぶ》とみそ汁《しる》の具だということがわかる。ねっとりとからみついてるのは、水の藻《も》だろう。

「ハ、ハ、ハ、食えるものなら食ってみろ！」

「ああ、食ってやるわよ！」

ぱくっ。

……。

…………。

「げ――――――――――――っ！　げっげっ、食えるわけないでしょ、こんなもん！」

「ハ、ハ、ハ、さっさと寝《ね》ろ。朝になったら出してやる」

侮蔑《ぶべつ》するような言い回しで眉村は告げ、いなくなった。

「どうやって寝ろってのよ！」

のえるは濡《ぬ》れることにも構わず、井戸の底に座り込んだ。胸の下まで水に浸《つ》かる。掘《ほ》られて100年は経過したであろう井戸は素朴《そぼく》な石作りで、背もたれにして眠《ねむ》るにはごつごつしている。さりとてこの深さでは、ごろりと横になったとたんに水を飲むハメになるだろう。氷点下の雪山だろうと、灼熱《しゃくねつ》の砂漠《さばく》だろうと、どんな場所でも眠る自信のあるのえるだったが、あいにく寝相《ねぞう》に自信はなかった。

ぷかぷかと浮かぶお盆や食器を見て、のえるは溺死《できし》した自分を想像してみたりした。

そうやって時間を潰《つぶ》した。

頭上に月が見えなくなるほどの時間が経過して、

「……そろそろ建物に戻《もど》った頃《ころ》ね」

のえるはゆっくりと立ち上がり、両腕《りょううで》を左右にのばした。

なんとか届く。笑みが浮かんだ。

するとのえるは両手両足を交互《こうご》に動かしながら、井戸を登《のぼ》りはじめるのであった。

それはもうすいすいと。

今さら記すまでもないが、彼女が放浪《ほうろう》中にマスターした、世界200ヶ国の特技のひとつである。

「あたしを閉じこめたいなら、鋼鉄のフタでもしときなさいっての」


んで、2時間後。

3人部屋で寝入っていたほのかは、心臓が飛び出そうなほどびっくりした。

隔離《かくり》されたと聞かされていたのえるが、目の前に立っていたからだ。

「やっほー！」

「な、な、なんで……？？？」

「寝心地《ねごこち》が悪いから、抜《ぬ》け出してきちゃった」

「きちゃったって……そんなものだったの？」

「ついでに連中の宿舎に忍《しの》び込んで、ククク」

何を思い出したのか、のえるはクスクスと笑い、マジックインキを放《ほう》り出した。

「……な、なんだ？」

2人の話し声に忍も目覚めた。そして驚《おどろ》く。

「おっ、折原っ!?」

「……なんで誰《だれ》も彼も、あたしを化け物でも見るような目でみるのかしら？」

「似たようなもんだからね」

「失礼ねー」

「どこから入ってきたの？」

もはや忍はどうやって抜け出したかなどという愚問《ぐもん》はしなかった。

「いくらお前でも、鋼鉄を曲げたりはできないだろ」

彼女たちにあてがわれた部屋は、収容所跡《あと》ということもあり、ドアに1つ、廊下《ろうか》の突《つ》き当たりに1つ、階段に1つと鋼鉄の扉《とびら》があった。他《ほか》に出入り口はない。手のひらほどの窓すら開いてない。

「だからあたしは化け物じゃないって……」

しかし、扉はしっかりと開いていた。

「そんなことしなくたって、看守を倒《たお》せば鍵《かぎ》が手に入るでしょ？」

「そーゆーのをバケモノって言うのよ！」

忍はたまらずつっこんだ。

（長谷川の気持ちがわかる気がする……）

「で、何の用だよ」

聞かれて、のえるは即答《そくとう》した。

「脱走《だっそう》しない？　こんなとこ」

言われて、忍やほのかはとっさに回答できなかった。

「だ、脱走ってオイ……」と、忍。

「逃《に》げ切れないよ……」と、ほのか。

その頃には、布団《ふとん》で寝入っていた3人目の少女も起きあがっていた。

「…………」

「考えてもみなさいよ、こんなとこに1ヶ月半もいたら身体《からだ》も死んじゃうけど、心も死んじゃうわ。そんなんで夏休みがフイになるなんてイヤじゃない！　だから逃げよ！」

「捕《つか》まっちゃうよう……」

ほのかは泣きそうな声でつぶやいた。失敗したときのことを考えると、怖《こわ》いのだ。

「大丈夫《だいじょうぶ》だって、あたしが守ってあげるから。それにほのかちゃんはあたしのせいでこうなったんだし」

「でも……」

「いい加減にしなさいよ、折原のえる」

不機嫌《ふきげん》な声を発したのは、さっきから起きあがって話を聞いていた若葉だった。

「なに自分の基準でモノ言ってるの？　そりゃアンタはなんでもできるかもしんないけど、私たちはそうじゃないの」

「だから、戦うのはあたしに任せて……」

「それでも捕まったらどうするのよ！」

若葉は詰《つ》め寄った。本気で腹が立っていた。

「連中のことよ。どんなひどい罰《ばつ》をくらわされるかわかったもんじゃないわ。仕打ちがひどくなったところでアンタは平気かもしれないけど、私たちは違《ちが》うの！　怖いのよ！」

「え……？」

のえるはきょとんとした。まさかそんな反応をされるとは思わなかったのだ。

「助けに来たのに……」

言葉をつまらせるのえるに、若葉は叫《さけ》んだ。

「怖いの！　わたしたちは負けたときのリスクを考えて行動しなくちゃいけないの。わかる？　あなたが勝手なことするとみんなが迷惑《めいわく》するの！」

♣

じりじりと、太陽が大地を灼《や》いている。

ぽたぽたと落ちる汗《あせ》が、乾《かわ》いた土に黒い染《し》みを作ってはすぐに消える。

暑い、ひどく暑い。

のえるは立っていた。

グラウンドにひとり立っていた。

踏《ふ》ん張れないよう膝《ひざ》をまげられないぐらいに両足を広げさせられ、両肩《りょうかた》に数十キロのバーベルを担《かつ》がせられ、大の字を作る形で、ただ立たせられている。

木陰《こかげ》で眉村が見ている。石けんでこすって赤くなった彼の顔には、なるとによくあるぐるぐる巻きやら、ジト汗やタテ線のような漫符《まんぷ》の跡が落書きのように残されており、凄《すご》みのある彼の顔をわけのわからないものにさせていた。

彼女はもう3日も、炎天下《えんてんか》の中で刑罰《けいばつ》を受けていた。

露出《ろしゅつ》している皮膚《ひふ》は青あざになっていない場所を探すことが難しいほどだった。

のえるは、教師たちの仕打ちを逆らわずに耐《た》えていた。

言うがままにバーベルを担ぎ、苦しみをこらえる。

3日目になった今日もそうだった。

歯を食いしばっていた。だが40度に限りなく近づく激しい太陽光は着実に体力を奪《うば》う。水分を奪う。喉《のど》から皮膚から身体中がからからになっても、眉村は何もしない。本を読みながらニヤニヤと時間を潰《つぶ》している。

やがて、限界が来る。

両足が震《ふる》え出し、がくがくとふるえだし止まらなくなる。

こらえてもこらえてもどうにもならない。

そして、不意に軽くなる瞬間《しゅんかん》。

（あ…………）

ドミノが崩《くず》れるように爪先《つまさき》から力が抜《ぬ》けたのえるは、ついに膝をついた。

眉村が、ニヤリと笑《え》んだ。

「まだ止《や》めていいとは言ってないだろうがァ！」

振《ふ》り上げられたバットが振り下ろされる。

「ッ――！」

悲鳴すらあがらないほど渇《かわ》く喉。痛みすら麻痺《まひ》するほど遠くなる意識の中でも、のえるは再び立ち上がった。

バーベルを担ぎなおすのえるに眉村は満足げな笑みを浮《う》かべた。

「従順になってきたな。やっと物の道理がわかってきたか」

「…………」

「フン、答える気力もないか」

眉村はバットの先でのえるの頬《ほお》を小突《こづ》いて、それでも彼女の目が死んだようにうつろなのを確かめると、満足げな顔で冷房《れいぼう》の利《き》いた寄宿舎の中へ戻《もど》っていった。

「もう少しそうしてろ、許してやるわ。ハ、ハ、ハ」

「…………」

確かに、のえるの目に眉村は映っていなかった。

朦朧《もうろう》となる意識の中で、のえるは考えていたのだ。

（なんで若葉はあんな顔をしたんだろう……）

（あたしの……せい？）

教師たちに言いなりに罰を受ければ、彼女の気持ちに近づくかと思った。

（…………）

のえるは若葉の言葉を何度も何度も思い出した。

若葉の言葉を。

「のえる！」

眉村がいなくなった途端《とたん》、健太が1人きょろきょろと周囲を見回しながら校庭へ飛び出してきた。

たっぷりに水を入れたヤカンを提《さ》げた健太は、のえるのもとへ駆《か》け寄った。

「今のうちに飲みなよ、のえる」と、コップに注いだ水を出す。

「…………」

左右に首を振る、のえる。

「無理しないで、ほら」

またのえるは、首を振る。

「熱中症《ねっちゅうしょう》って死んじゃうことあるんだよ！」コップを唇《くちびる》に押しつける。

「いらない」

「なに、意地張ってんだよ！　どうして飲んでくれないのさ！」

「それは——、言う通りにすれば、俺の許しが出るからだ」

びくっとして、健太は振り向いた。

眉村が立っていた。

「折原、もういいぞ。水をくれてやる」

するとだ。のえるは健太の前を通り過ぎて眉村の水を受け取ったのだ。

そして飲み干したのだ。

「………」

「今日から、お前にも部屋をくれてやる。来い」

するとのえるは静かにうなずいた。

「はい」

（いま、のえる、何て言ったの……？）

健太は耳を疑った。目を疑った。

素直《すなお》に眉村の後ろを付いていくのえるの姿を、呆然《ぼうぜん》と見送った。

（あれだけひどいことされて、なのに、『はい』って……）

炎天下《えんてんか》の罰《ばつ》が終わって、のえるが倒《たお》れることもなくなって、ホッとしなければいけないはずなのに、健太は金槌《かなづち》で頭を殴《なぐ》られたような衝撃《しょうげき》を受けていた。

（どうして……）

燃えさかる太陽が、肌《はだ》をちりちりと焼いていた。

手にしていたコップの水がむなしく揺《ゆ》れていた。

♣

2日ほどして、あいかわらず暑い午後。

「長谷川、遅《おそ》いな」

「キミが早すぎるんだよ……」

海岸を走る土手で、忍と健太はすれ違《ちが》った。

初めは走りにくかった土の道も、慣れてくると太陽の熱をためこまない分アスファルトより涼《すず》しい。そんな差がわかるほど、彼らは走りこまされていた。

今日の午後は10キロマラソンだった。

折り返し地点にあるボールを拾って帰ればゴールだ。ビリ10人はごはん半分。

忍はもう折り返し地点をとっくにまわってきたところなのだが、ぜいぜいと肩《かた》で息をしているのは健太のほうだった。

「のえるは？」意外そうな顔で聞く。すれ違わなかったからだ。

「走ってないよ」

「またなんかやらかしたの⁉」

とっさに心配する健太に、忍は乾《かわ》いた笑いで答えた。

「めでたく、天国組に昇格《しょうかく》ってヤッさ」

教師たちは、自分たちに従順な生徒を地獄《じごく》のトレーニングから外していた。

それを天国組といった。

「連中の言うことにはなんでもハイハイってさ。人が変わったっていうか、別人みたい」

がっかりしたように忍は言う。

「そうなんだ……」

「なんでキレないんだ？　アイツ」

健太は首を振《ふ》った。

「さあ……わかんない。僕も不思議なんだ」

「そうか」

すると、健太はおかしくなって笑った。

「変だね。まるでお互《たが》い、のえるがキレるのを期待してるみたい」

「期待——期待、か」

違う、と言おうとしたのだが、わからなくなって、忍は言葉を繰《く》り返した。

すると健太の背後に汗《あせ》だくになった入れ墨《タトゥー》&ピアスの三人組が見えたので、からかいたくなった。

「入れ墨《タトゥー》、遅いな！」

「うるせえ、不良は身体《からだ》が弱いんだよ!!」

「身体によくないことばっかしてるからな、フフ」

忍が笑《え》みを浮《う》かべると、彼らも苦笑いを返し、すりぬけて行った。

仲良しになったわけではないが、彼らとは奇妙《きみよう》な友情が生まれていた。

「おい、そこ！　私語をしてると1往復追加するわよ！」

ホイッスルが鳴り、健太は驚《おどろ》いた。

自転車に乗った取り締《し》まりだということは見なくてもわかっていた。

生徒だ。教師と同じ腕章《わんしよう》をしている。天国組の生徒だ。

自分たちの言うことを――大人の言うことを、力を持っている者の言うことを聞けば、いい立場にもつけるし楽が出来るということを、身を持って知ることができるありがたい体験学習だ。学校の授業よりそれは世の中で役に立つはずだ。強い者には従え。

教師たちの提示した不愉快《ふゆかい》で簡単なルールは、あっという間に浸透《しんとう》していた。

そんなことは知っていた。だが健太は振り向いた。

その声が――、のえるだったからだ。

健太はあぜんとした。

「なんでっ？」

「なんでって、腕章くれたから」

きょとんとした顔で言われてしまう。

「だって、だってのえる……、手先になるなんて……、平気なの!?」

すると、のえるは意地悪をする時のようなニンマリとした顔つきになり、

「何事も体験よ〜」

「そんな体験あるもんか！」

「ほらほら、走った走った！」

竹刀《しない》を景気よく地面に叩《たた》きつけ、ペダルに足をかけた。

「走らないと、轢《ひ》いちゃうぞ〜っ！」

「やめてよぅ〜っ！」

健太は悲鳴をあげながら走り出した。

♣

「はぁはぁはぁはぁ……」

それよりずっと遅《おく》れたところを、ほのかは走っていた。

なのに忍より健太より疲労《ひろう》している。

あまり強くない肌《はだ》は、連日の太陽で真っ赤になっていた。走るたびに袖《そで》がすれて痛い。

自分より後ろには1人もいない。初日のころはまだ露骨《ろこつ》に歩く生徒がいたが『簡単なルール』で腕章を手に入れる者が現れてからというもの、走れる人はさっさと天国行きのチケットを手に入れるようになった。

教師に逆らうつもりはこれっぽっちもないのだけれど、途中《とちゅう》休みながらでないと最後まで走れないから、結果的にもらえる御飯《ごはん》は毎日半分だった。

山道に入って、道は木陰《こかげ》となった。

樹々の隙間《すきま》から光がきらきらとシャワーのように差し込んでいる。楽しむ余裕《よゆう》なんてない。木に手をついて、ぜいぜいと息を吐《は》いた。本当は座りたいけど、そんなズルはできない。

そう思って、耐《た》え難《がた》い誘惑《ゆうわく》を振り切って、走りだそうと思った矢先。

ほのかは木の裏に、ゆったりと背をもたれながら携帯《けいたい》をもてあそぶ子を見つけた。

「若葉《アオイ》さん！」

驚くほのかの顔を見て、若葉はくすりと笑った。

「具合でも悪いの？」ほのかは心配した。

若葉は腕章をしていない。だから走ってる途中でダウンしたのだと思ったのだ。

そんなほのかの純真さに、若葉は苛立《いらだ》ちを覚えた。

「ここで仲間が来るの待ってるのよ」

「仲間？」

若葉はズルのトリックを説明した。

まず2人でペアを組む。走るのは1人だけ。1人は適当な場所で休んでおく。折り返し地点にあるボールを2個取って、仲間に渡《わた》せばズル完了《かんりょう》。

しんどい目をするのは二日に一度で済むわけだ。

「そんなの……」

「バレたらどんな目に遭《あ》わされるかわかったもんじゃないわよね」

「だったら」

「いいのよ。どうなったって。どうなったって……死んじゃったってかまわないわ」

若葉は軽い冗談《じょうだん》で言ったつもりだった。

だから、ほのかが泣きそうに顔を歪《ゆが》めたことが不思議だった。

「ダメだよ、そんなヤケになっちゃ……」

「大げさね」

「うそ！　さっきの若葉《アオイ》さん、本気だった！」

ほのかは若葉の服をつかんだ。その張りつめた表情に若葉は驚いた。

「ど、どうだっていいでしょ、あなたには関係ないわ」

「関係なくないよ！」

「なんで」

若葉は突《つ》き放すような声で言った。かきまわされたくなかった。いい人に心をのぞかれて同情されるのはゴメンだった。ミジメになりたくない。

「ホントに冗談よ。疲《つか》れてるだけ」

慰《なぐさ》めるように若葉が言った。立ち上がって、歩き出す。

「ダメだよ！」

ほのかは手をつかんだ。

「絶対冗談じゃないよ。若葉《アオイ》さん、ウソついてる」

つかんだ手を離《はな》さなかった。

「そんなこと、なんで他人のあなたにわかるのよ」

若葉はその手を払《はら》おうとする。だが、ほのかは抱《だ》きつくように離さなかった。

「わかんないけどわかるよ！　わたし、見たことあるから。若葉《アオイ》さんと同じ顔見たことあるから！」

「…………」

若葉は腕《うで》を抜《ぬ》こうとするのをやめた。うっすらと涙《なみだ》を浮《う》かべるほのかの瞳《ひとみ》を見た。

「わたしの大事な友達がそういう顔をしたから、わかるの……」

若葉は訊《たず》ねた。

「その子は……どうなったの？」

「わたし、気付いてあげられなかった。子供の頃《ころ》からそばにいたのに、彼女の悩《なや》みとか苦しみとか……助けてあげられなかった。手遅《ておく》れになるまで、何も……できなかった」

風が吹《ふ》いて、ひんやりとした空気が頬《ほお》をなでる。若葉は彼女をまっすぐと見た。

木々の葉がこすれる音。蟬《せみ》の声。

揺《ゆ》れる木漏《こも》れ日の下には、ほのかが。

瞳から落ちる涙をぬぐうことなく、つかんだ手を離すことなく、泣いている。

泣いている。

「わたし、若葉《アオイ》さんのこと何も知らない。ほっとけないって思ったのも、あのときの悔《くや》しい気持ちを繰《く》り返したくないだけかもしれない。自分の都合で言ってるだけかもしれない。でも、嫌《いや》なの。若葉《アオイ》さんのこと知らなくても、目の前で若葉《アオイ》さんがつらい気持ちになってるのなら、力になりたいの！」

「だから私は……」

なんでもないんだから、と言いかけて、ほのかを見る。

みっともない顔をしていた。顔をぐしゃぐしゃにして泣いていた。

「なんであなたが泣くのよ。関係ないのに」

「無理かな……？　わたしじゃ、迷惑《めいわく》かな……？」

ほのかはまだ若葉の手を握《にぎ》っていた。しっかりと握っていた。

「あたしのは……そんな、たいしたことじゃないよ」

若葉はうつむいて、迷って、顔をあげてほのかを見て、迷って、またうつむいた。

「たいしたことじゃなくていいよ、言って」

「……落第でもすれば、親が高校進学諦《あきら》めると思ったのよ」

「どうして？　頭いいのに」

「どうだっていいでしょ、そんなこと」

「ごめんなさい……」

「あなたも折原も、お節介《せっかい》焼きね」

「ご、ごめんなさい」

「謝らないで。さっきからなんべん謝ってるの？　あなたが悪いんじゃないわ」

「でも」

若葉はぷい、と横を向くと『悪いのは、私なんだから』と聞こえないぐらいの声でつぶやいた。

「本当に、高校行きたくないの？」

「しょうがないわよ。ウチ、お金ないもの」

すると、ほのかがハッとなった。

「……言っておくけど私、一度もお金取ったことなんかないよ。そんなことしたらお母さん悲しむから」

「お母さん、好きなのね」

その時、若葉の顔は少しだけはにかんだ。

なのに、首を左右に振《ふ》る。

「いっぱい、泣かせちゃった……」

震《ふる》える声でつぶやいた。

「……私、帰らないほうがお母さん喜ぶんじゃないかなあ？」

「そんなことないよ、絶対ない！」ほのかは断言した。

でも、それは若葉にとって一番いわれたくない言葉だった。

「言い切らないでよ！　あなたに何が分かるの？　隠《かく》し事を知って……私がいなければ、お母さんはもっと幸せに生きられたかもしれないって何年も悩《なや》み続けた私の気持ち、そんなに簡単に言い切らないで！」

「ご、ごめんなさい！　わたし……」

「だから謝らないで！」

こらえきれず若葉は叫《さけ》んだ。ほのかの手をふりほどいて、怒鳴《どな》りつける。

「生きてりゃバンザイって思えるほど、私はおめでたくないの！　ひねくれてて、いじけてて、歪《ゆが》んでるの！　どんなに悩んだって解決できない問題もあるの。私が死んだらなんて考え、間違《まちが》ってることもわかってる。そんなこと何度だって考えたわよ。でも、そうでも考えないとやりきれないのよ！　お母さんを不幸にしてるだけなのに、それでものうのうと生きてられるほど、私の神経は図太《ずぶと》くないのよ！」

「…………」

ほのかは唇《くちびる》を噛《か》んで、しょんぼりとうつむいた。

「ごめんね。あなたは何も悪くないのに」

「いいの、わたしのことなんか全然」

苛立《いらだ》っていたはずなのに心からの気持ちで言っているほのかを見ると、若葉は不思議と気持ちが落ちついてきた。

　私のことなんかで悩むことはない。そう言ってあげたくなった。

「教えてあげるわ。私のお父さんを殺したのは——黒瀬よ」

「え……」ほのかは言葉を失った。

「黒瀬は口止め料として、毎月お母さんの口座に金を振り込んでくれてるの。そんな金使えないでしょ。汚《きたな》くて」

「…………」

「今だって憎《にく》いわ。殺したいほど憎い。でも、殺すわけにもいかないじゃない。高校に行くために風俗《ふうぞく》行くような度胸もないしね。だから、あきらめるしかないの」

　そう言って、深くため息をついて、もう一度つぶやいた。

「あきらめて生きるしかないのよ。いろんなこと」

　若葉は笑ってみせた。ほのかを安心させようとしたのだが、笑《え》みに力はなかった。

「ごめんね、面白《おもしろ》くもない話聞かせちゃって。悩みごと相談するなら、ちゃんと答えの出せるものにしないと相手に嫌《いや》な思いさせるだけなのにね」

「若葉《アオイ》さんは……どうするの？」

「どうするもこうするもないわよ。私ができることなんて、０点取って親泣かせたり、捨て鉢《ばち》になってクラスメイト泣かせたりするぐらいがせいぜいだもの、何にもできないわ」

　若葉は、ぽんと、ほのかの背を叩《たた》いた。

「走るわよ」

その言葉にほのかは驚《おどろ》いた。ぽかんと口を開けて、若葉を見る。

「ちゃんと反省したわ。ズルはもうしない」

若葉は歩きだして、くるりとほのかを振り向いて、微笑《ほほえ》んだ。

「私は私で、真面目《まじめ》に生きるんだ」

そこから少し離《はな》れたところで——、
唇を結んだまま、立ちつくしていたのえるがいた。

ほのかの姿を見かけなかったので、気になって戻《もど》ってきたのだ。

盗《ぬす》み聞きをするつもりはなかった。不意に聞こえてしまい、最後まで聞いてしまった。

「…………」

走り出していく2人の後ろ姿を見送りながら、のえるは震《ふる》えていた。

左腕《ひだりうで》の腕章《わんしょう》に手をやり、握《にぎ》りしめる。ちぎれんばかりに。

胸の中は嵐《あらし》だった。さまざまな感情があふれてうねって、怒《おこ》りたいのか、悲しみたいのか、自分でも収拾がつかなかった。

でもすることはわかっていた。自分がしたいことはわかっていた。

「やっぱダメだねあたし」

ため息をついて、手をやった頭を左右に振《ふ》る。

「何にもわかってなかった」

そこへ――、眉村の怒声《どせい》が聞こえてきた！

「どっちだ？　コイツとグルになっていたのは」

車から降りた眉村は、脱《ぬ》いだシャツを放《ほう》り捨てるように助手席から少女を投げた。

若葉の顔が凍《こお》る。

どさりと砂をまいて倒《たお》れたのは、青あざだらけの女子生徒だった。

「お前か？　お前は毎日どんじりだからな」

眉村の竹刀《しない》が、ほのかの顎《あご》をしゃくりあげた。

否定しようとして、ほのかはためらった。

それを見て若葉が進み出た。

「私よ！　やったのは私」

「そうか」

眉村はほのかに向けていた竹刀を横薙《よこな》ぎにして、若葉の頬《ほお》っつらに叩きつけた。

若葉は飛んで、地面を転がった。

「お前には授業が必要のようだな」

バシッ、バシッ、と土を叩くたびに乾《かわ》いた砂が舞《ま》う。眉村はゆっくりと若葉に近づいていった。倒れている若葉の腕をつかみ、ひねり上げる。

「うっ……！」

「先生、やめてくだ……」

言おうとしたほのかを若葉は手で制した。

「ズルは、ズルだから」

そうだ、と眉村は若葉を突《つ》き放した。竹刀を握り直し、振り上げるためだ。

「教師を愚弄《ぐろう》した者がどんな末路をたどるか、折原を見てわかってるだろう？」

（あの子だって耐《た》えたんだ、私だって——！）

若葉は覚悟《かくご》した。目を閉じて痛《いた》みを待った。

「私だって耐えてみせる。とか意地はってない？」

のえるの声がした。

「え……？」

目を開いた若葉が見たものは、竹刀を猛然《もうぜん》と振り下ろす眉村の姿と、かばうように目の前に飛びこんできた1人のポニーテールだった。

「危ない！」

「え……？」

だが、竹刀が人を打つ音はしなかった。

眉村の竹刀は、のえるの手のひらにしっかりと受け止められていた。

「何っ！」

驚いたのは眉村だった。竹刀を引き抜《ぬ》こうとするが、まるで溶接《ようせつ》されたように彼女の手から離れなかった。

「ごめんね」

肩越《かたご》しに振り向いて、のえるが言った。

「あたし、とことん無神経だった。何も知らないで」

パッと手を離す。自分のつけた勢いで眉村は豪快《ごうかい》にのけぞり倒れた。

「でも、あたし、やりたいようにしかできないよ。だから——、約束破ることにする」

「約束？」

「普通《ふつう》の子っぽくやってみるって言ったでしょ？」

眉村が吠《ほ》えた。竹刀をつかみなおして立ち上がった。

「また同じ目に遭《あ》いたいか!?」

襲《おそ》いかかる！

「言っとくけどあたし、アンタらが怖《こわ》くて言うこと聞いてたわけじゃないんだ」

「なに!?」

言うのと、のえるの拳《こぶし》が眉村の鼻っ柱を叩《たた》き折るのは同時だった。

どう、と音がして、眉村は仰向《あおむ》けに気絶した。彼にのえるは告げる。

「ごめんね、実力隠《かく》してて」

第3.5話

どこの行くのか、さくら先生

時は1日ほどさかのぼる。舞台《ぶたい》はいつもの学校。ただし夏休み。

夏休みといっても教師も同じように休めるわけではない。

いつもの年ならフル稼働《かどう》しているはずのクーラーは電源を抜かれ、物音ひとつ立てない。全開にした窓からは、わずかな涼風《りょうふう》と遥《はる》かにまさる蟬《せみ》の声が飛びこんでいた。

扇風機《せんぷうき》の使用も禁止された職員室では、教師たちがウチワ片手に書類を整理したり、本を読んでいたりする。日本国破産宣言を受けて、官公庁をはじめとする公共機関はまっさきに冷房《れいぼう》の禁止が言い渡《わた》されていたのだ。

格好つけたがり屋の木佐もこの暑さには耐えかね、ワイシャツのボタンを1つ外して仕事をしていた。

(くう……。自家用車の中なら冷房利《き》かせられるな。抜けだそうか)

なんてことを考えながら。

「はぁ……」

木佐は、さっきからさくらがため息ばかりついていることに気付いた。

夏だというのに彼女はキチンと長袖《ながそで》のブラウスを着ている。襟《えり》のボタンも外してはいない。初めは暑いのを我慢《がまん》しているせいかと木佐は考えたが、そうでもないようだ。

「折原さんたち……、元気にやってるかしら」

はぁ、とさくらはため息をついた。

「結構なことだ。歪《ゆが》んだ性格をたたき直され、まともな生徒になって戻《もど》ってくる。キミも泣く回数が減ってバンザイってところだろう？」

「そんなことありません！　折原さん、勉強あんなに頑張《がんば》ったのに……」

黒瀬のつけたマイナス1億点が納得《なっとく》いかないのだ。

「まあ、私が首相でも同じことをするでしょうな」

「木佐先生っ！」

「まあ、折原たちが連れて行かれた島についてはいい噂《うわさ》を聞きませんな」

「噂？」

「戦前、公《おおやけ》には処刑《しょけい》できない反政府主義者を次々に投獄《とうごく》して、殺したり狂《くる》わせたりしたとか。だから島には今でもそういう施設《しせつ》が数多く残されていて、総理がその島を選んだのも……おや、どうしたんです？　真っ青な顔をして」

すっくとさくらは立ち上がった。

「木佐先生、私、早退します」

「どうしたんです？」

「気分が悪いとか、言っておいてください」

そう言って、さくらは元気よく職員室を飛び出していった。

木佐はそんな彼女を呆《あき》れた目でながめやると、やれやれとため息をついた。

「とか、ね」

♣

1時間後、さくらは東京駅のホームに立っていた。

(助けに行きます!)

家に戻る時間も惜《お》しいと思ったのか、鞄《かばん》には教科書が入ったままだ。

着替《きが》えも、時間つぶし用のウォークマンも、何も用意してない。

腹ごしらえもしていない。

お金すら用意していなかった。

(帰りの切符《きっぷ》代はありません……)

新幹線のぞみ号の片道チケットを握《にぎ》りしめながら、さくらは改札口に飛びこむ前に気付くべきことにやっと思いを馳《は》せた。

もちろん、クレジットカードといった気の利《き》いたものはすべて家だ。

「あうう」

心を弱気の風が吹《ふ》きすさんでしまう。

だが、こうしている間にも大事な生徒たちがどんなひどい目に遭《あ》っているかと考えると、いてもたってもいられなくなる。もやもや、もやもやと想像が広がる。

ビンタ、竹刀《しない》、バット、キック、ムチ、ローソク、ナイフ、銃《じゅう》、断食《だんじき》、拷問《ごうもん》、水攻《みずぜ》め、火あぶり、絞首《こうしゅ》、電気椅子《いす》、毒ガス、ギロチン、後のほうはシゴキというより処刑という気がしないでもなかったが、さくら先生の想像は容赦《ようしゃ》なく止まらなかった。

「はうう、人間のすることではありません」

クラクラして、倒《たお》れそうになる。

どん、とぶつかる。

おばあちゃんだった。

「ごめんなさい、どうされたんですか？」

「息子《むすこ》に会いに来たんじゃけどねえ、乗り換《か》えがわからのうて。京葉《けいよう》線なんじゃども」

「まあ、それはそれは。私が案内してさしあげます」

おばあちゃんに親切にした。

新幹線に乗り遅《おく》れた。

「ああっ、指定席なのにぃ……」

焦《あせ》っていたさくら先生は、そのまま次の新幹線の自由席にでも乗ってしまえばいいという基本的なことにすら気付かなかった。

「こうなったら……！」

青春18切符を買った。

「東海道線を乗り継《つ》いでいけば、岡山に着きます。岡山から島までは船で30分だし、実家に立ち寄ればお金も貸してもらえるし、一石二鳥です！」

青春18切符というのは、特急券を必要としない普通《ふつう》電車なら一日中どこまでも乗り継ぎのできる切符のことで、時間はかかるが安上がりに旅行を楽しめる便利な切符だった。

「完璧《かんぺき》です！」

普通電車といってもバカにしてはいけない。最近の電車は速い。乗り継ぎが上手《うま》くいけば朝一番に東京を出発すれば、福岡《ふくおか》あたりまでなら楽勝だ。

出発した。

お腹《なか》が鳴った。

腹ごしらえを兼《か》ねて、箱根《はこね》で降りた。

釜《かま》メシが美味《おい》しかった。

電車を乗り過ごした。

切符をなくした。

財布《さいふ》を落とした。

靴《くつ》のヒールがもげた。

気付くと夕方になっていた。

ひゅううううううううううう。

浜松《はままつ》駅に降りたさくらの頬《ほお》を、びゅうびゅうと風が吹きつけた。

あやしげな雲行きの中、赤焼けた富士山が小さく見えた。むやみに豪華《ごうか》なホテルもあった。もちろん泊《と》まる金などあろうはずがない。

「だ、だんぼーるを探さなくては……」

ホームレスをする気だった。

ぴるるる、と携帯《けいたい》が鳴った。

「木佐先生っ！」

『いま、どのあたりにいるんですか？』

行動も読まれていた。

これまでの事情を20分にかけて話し、40分ほどバカにされた。

電話を切られた。

「す〜み〜ま〜せ〜ん〜っ」

とりあえず新しい靴を買うことにした。サンダルなら300円もあれば買えるはず。

商店街に向かった。

脱《ぬ》いだ靴のソールから、1万円札が出てきた。

思い出した。

万が一に備えて、予備のお金を身につけておきなさいと母に言われていたことを。

「ありがとう、お母様！」

買うものは決まっていた。

「自転車にしましょう！　ガソリン代もいりません！」

なぜかヒッチハイクは思いつかなかった。

「一番安いのならこれで買えるはずです！」

1万円札を握《にぎ》りしめ、さくらは店を探した。

「ありました！」

紺色《こんいろ》のママチャリだった。定価はジャスト1万円。

「ください！」

さくらは握りしめた1万円札を差し出した。

「税込みで10500円だよ」

黒瀬内閣になってからマイナス消費税は廃止《はいし》されていた。

「うええええええ〜ん！」

泣いてしまった。

おばちゃんは1万円で売ってくれた。

「さあ、折原さん、みんな、助けに行きますわ！」

勇ましくペダルを踏《ふ》み込むと、西に傾《かたむ》いた太陽目指して自転車を漕《こ》ぎだした。

「瀬戸内海へまっしぐらです！」

そして1時間後。

「はう〜っ、お腹空《す》きました……」

確かに自転車にガソリンは不要だったが、ペダルを踏む足に栄養は必要だった。

まだ隣《となり》の愛知県にもたどり着いていなかった。

ちなみに瀬戸内海へたどり着くには、愛知、三重《みえ》、滋賀《しが》、京都、大阪、兵庫《ひょうご》、岡山県を横断しなければいけなかった。

さらに1時間後。

太陽はどっぷりと沈《しず》んで空は真っ暗になっていた。それどころか風はますます強く、雲は厚く、小雨すら降り始めていた。

国道1号線を行き交《か》う車は少なかった。1号といっても道の両側に広がるのはひたすら田んぼだった。人通りがあるはずもなかった。

数十メートル間隔《かんかく》に並ぶ道路灯だけが寂《さび》しげに輝《かがや》いていた。

そんな道を、とぼとぼと自転車を手押しするさくらの姿があった。

小雨で服は濡《ぬ》れ、顔もぐしょぐしょになっていた。

「お父さん……、お母さ～ん……」

それは涙《なみだ》だった。べそべそと涙をこぼしていた。

「休みたいです……、死んじゃいます……、お腹《なか》すきました……、死んじゃいます……」

すると、いきなり1台の車が横付けされた。

さくらの隣で停止した車から、1人の男が現れた。

「偶然《ぐうぜん》ですな。こんなところで会うとは」

「木佐先生っ！」

彼は車のドアを開け、濡れたさくらに入れとうながした。

「木佐先生……、どうしてここに？」

「仕事が終わったあとに、息抜《いきぬ》きがてら軽くドライブするのは僕の趣味《しゅみ》でね」

ちなみにここは愛知県だった。

第4話

あたしが絶対なんとかする!

「バカみたい」

若葉が発した最初の言葉だった。

眉村にひねられた手首をさする。痛みはまだ残っていた。だが彼女の表情にのえるへの感謝はない。当然だ。

こんなに苛立《いらだ》つのは、のえるのせいだと若葉は思っていたからだ。

(私がほどけなかった眉村の手を難なく振《ふ》りほどいた)

(そして殴《なぐ》り飛ばした)

(…………)

(私は、ただ怖《こわ》くて震《ふる》えてただけなのに……!)

(どうして彼女は)

私の出来ないことを出来てしまうんだろう。さも当たり前のように。

(どうして私には)

彼女のような力がないんだろう。嫌《いや》なヤツを殴り飛ばせる力が。

眉村にひねられた手首の痛みが、じんじんと不愉快《ふゆかい》だった。

だから憎《にく》まれ口を叩《たた》きたくなった。

「こんなことしてどうなるって言うの? 教師を1人倒《たお》したところで、今度は大勢でやられるだけなのに。大勢を倒す? そしたらさらに増えた大勢がくるだけよ。なに? 次は警察を相手にするっていうの? 最後は自衛隊と戦うつもり?」

口から吐《は》き出される罵《ののし》りが止まらない。言えば言うほどに若葉は確信した。

自分はのえるを屈服《くっぷく》させたいのだと。

なのにのえるは、こんなことを言うのだ。

「そうね、いい加減あたしも我慢《がまん》の限界ね。こうなったらブッ潰《つぶ》すわ、黒瀬を！」

「いっ、いっ、いい加減《いかげん》にしてよ！」

腹の底から噴《ふ》き出す怒りのままに、若葉は怒鳴《どな》った。

「なにが我慢の限界よ！　簡単に言わないで！」

「言うわよ。許せないものは許せないもの」

「そのふざけた態度が気に入らないのよッ！」

「無理するのはやめにしたの。あたしはあたしのしたいようにする」

眉村を轢《ひ》いたまま、自転車が横倒しに放《ほう》り出されていた。それをのえるは起こして、まだ走れることを確かめる。

「どうするつもり？」

「東京行くのよ。黒瀬を倒すから」

「なっ……」

馬鹿《ばか》げた提案に、若葉は怒鳴り声を――、のえる相手に、もう何度あげたかもわからない怒鳴り声をあげようとした時……、

「な、なにやってるんだよ、のえるっ⁉」

健太の驚《おどろ》く声が飛びこんできた。

気絶している眉村の姿を見て、すべてを理解したらしい。健太はのえるに詰《つ》めよるといつもの調子でまくしたてた。対するのえるもいつもの調子であっさりけろりと。

「あ、やめたから、教師の手先」

「やめたの……って……」

「黒瀬を倒すことにしたから」

「ええええええええ――――――――――――――――っ!?」

健太は声が裏返るほど驚いた。

「ブッ潰すって……どうやって?」

「辞《や》めさせるのよ、それしかないでしょ」

「だからどうやって!」

「東京行くまでに考えるわ」

「あなたの冗談《じょうだん》に付き合ってられるほどの余裕《よゆう》は誰《だれ》にもないのよ」

呆《あき》れた目をして、若葉は自分の携帯《けいたい》を見せた。

ネットのニュース記事が表示されていた。

黒瀬総理の日本破産宣言と債権《さいけん》処理計画の全容だった。

「日本を売却《ばいきゃく》するぅ〜〜〜〜〜〜っ!?」

さすがにこれにはのえるもブッ飛んだ。

「そうよ。日本そのものを証券化して、株みたいに国そのものを売ってしまうの」

「若葉《アオイ》さん、総理大臣が変わるようなものなの？」ほのかが聞いた。

「もっと強力よ。首相は行政の長だけれど、それ以外にも司法、立法も手に入れることができる。昔のGHQみたいなものね。国が保有しているすべての権力が手に入るわ」

「あの黒瀬に、こんな壮大《そうだい》なこと考える脳があったとはねえ……」

のえるは妙《みょう》な感心をした。正直、驚いた。

「シナリオを書いたのはドルマンって男。黒瀬《ヤツ》は尻尾《しっぽ》を振《ふ》ってるだけ」と、若葉。

「そうなの？」

健太は耳を疑った。黒瀬の人格が尊敬ならざるものだということは、以前、のえるが死んだと思われていたときの態度で知っていたが、悪事にも程度というものがある。

若葉は言った。

「社長は倒産《とうさん》を宣言しました。買収されました、でも買収先の会社から、そのまま社長でいいと言われました。そんな倒産ってある？」

「じゃ、わざと日本を倒産させたっていうの!?　グルになって？」

「話をもちかけたのはドルマンかもしれないわ。美味《おい》しいエサと引き替《か》えにね。いずれにせよ黒瀬は日本を売ることを選んだのよ」

3人が言葉を交《か》わしている間も、のえるは記事を読み続けていた。

証券化された日本国は、ドルマン・ユニオンの中核《ちゅうかく》会社ドルマン・ホールディングスが所有すること。その社長がマーチン・ドルマンであること。

日本国の所有権が移動した後は、多国籍企業《たこくせききぎょう》グループ、ドルマン・ユニオンの都合のいい市場として、日本の文化／経済／生活形態を変更《へんこう》する政策が施行《しこう》されること。平たく言えば、ヨーロッパ人と同じ物を食べ、同じ言葉を喋《しゃべ》り、同じ趣味嗜好《しゅみしこう》をもつよう、日本語を制限し、稲作《いなさく》を制限し、テレビでは毎日あちらの楽しい番組が流されるということ。

「ムチャするわね……」

調印式は8月5日夜。横浜ランドマークタワーにて。日本国の引き渡《わた》しは翌日。

つまり0時から日本国をドルマンが所有したことを祝うレセプションが始まるわけだ。

しかも6日はドルマンの誕生日ときていた。

「自分の誕生パーティに国をプレゼントか。あっちの金持ちは図々《ずうずう》しさが違《ちが》うわね」

わざわざ合わせたのだろう。考えるまでもない。

「でも、そのプレゼントはあたしのだけど」

「あなた、この期《ご》に及《およ》んで、まだそんな寝《ね》ぼけたこと言うの!?」

若葉が声をあげた。

「よし、わかったわ」

のえるは自信たっぷりの顔で言うと、ぱたんと携帯を閉じて、若葉に返した。

眉間《みけん》に皺《しわ》を寄せて、若葉が訊《たず》ねる。

「わかったって……、何が？」

「ドルマンってヤツに日本を渡さない方法」

「はぁぁっ!?」

「まあ、黒瀬には総理のまんまでいてもらうかもしんないけど、ま、用が済んだところで飛んでもらうって手もあるし」

唇《くちびる》に指をあてて、夕食の献立《こんだて》を考えるみたいに言う。ホントに、まったく、呆れるぐらいに簡単に。

「……………………」

若葉は空いた口が塞《ふさ》がらなかった。

呆然《ぼうぜん》と立ちつくす彼女の視線の先で、のえるが健太に質問した。

「ところで……、8月5日って何日後？」

「6日後だよ」

ぷちん。

若葉はキレた。

「馬ッ鹿じゃないの!?」

「そんなことも知らないで……、日本を取り返すぅ？　なに考えてんの？　笑わせないでよ！　笑えもしないわ！」

「でも、誰かがやっつけなきゃいけないでしょ」

「悪いヤツがいることと、そいつが滅《ほろ》びることとは別な・の・よ！　あなた中学生にもなってそんなこともわからないの？」

怒鳴《どな》りながら詰《つ》め寄ると、のえるはじっと若葉を見つめ返した。

「な、なによ」

何も言い返そうとはしないのえる。

何を考えているのだろう。言葉は喉《のど》のところまで来ているのに、それを戻《もど》し返しているような表情が切なげに揺《ゆ》れていた。

（……）

怒《いか》りが和《やわ》らぎそうになっている自分に気付いて、若葉は声を荒《あら》げた。

「フン、どうせ大統領《ホワイトハウス》にでも電話して、なんとかしてもらうつもりなんでしょ」

「そうか！」

健太は足下《あしもと》に転がっている携帯《けいたい》を拾った。倒《たお》れている眉村のものだった。

「僕、大統領直通電話《ホットライン》の電話番号覚えてるよ」

やっぱりね、と若葉は肩《かた》をすくめた。

「そんなとこだろうと思ったわよ」

吐《は》き捨てるように言ってやろうとしたのに、声は沈《しず》んでいた。

あまりにも下らないからだ。のえるといると自分が馬鹿《ばか》みたいに思えてくる。そんなことで日本が救われでもしたら、お母さんひとり幸せにできない自分がどうしようもなく下らない存在に思えてくる。

（どうして、私だけ……）

「やめて、健ちゃん」

のえるはとっさに、最後の番号を押そうとしていた健太から携帯を取り上げた。

「どうしたのさ？　のえる」

「大統領に助けてもらうのはヤメにするわ」

「な、なんでっ！」

「そんな方法じゃ、ダメなのよ」

「い、い、い、い、い、な、な、い」

すぐそばに岩があった。

のえるは手を大きく振《ふ》り上げると、奪《うば》い取った携帯を思い切り叩《たた》きつけた。

プラスティックが派手に割れる音がして、携帯は砕《くだ》け散った。

「――っ！」

若葉は目をむいた。のえるのしたことが理解できなかったからだ。健太も同じだった。

「な、なに考えてるんだよ、のえるっ!!」

「1人でやる」

のえるは決然と言った。

「あたしは1人で黒瀬を倒す。東京に行って日本を奪い返す！」

その言葉が、さらに若葉の心を逆なでした。

「あっ、あなたって人はどこまで人をバカにすれば気が済むの!? そんなに自分がスゴイってこと見せつけたいの?」

「そうね――そうかもしれない。それでもいい」

つぶやくのえるは真剣《しんけん》だった。

若葉の言葉を受け止めるようにうなずく。意志を秘《ひ》めた瞳《ひとみ》で見つめる。

だが、それすらも若葉には世の中をなめた行動に取れた。

「思い上がりもはなはだしいわ! 1人で政府と戦う? バカじゃないの? そんなの無理に決まってるじゃない」

「やってみなきゃわからないよ」

「決まってるの! 無理! 絶対無理! 寝言《ねごと》は夢の中で言って!」

「ダメだったらバカにしていいし」

「なんだ、そういう考えね」

若葉はあざ笑った。合点がいったのだ。

「いくらアメリカ大統領でも、総理大臣の首をすげかえることはできないものね。どうせ失敗するのなら、思い切りハードルを高く上げておいたほうが失敗したとき同情してもらえるものね。よく頑張《がんば》ったたって……」

「頑張っただけじゃダメだよ」

のえるはぴしゃりと言った。

その言い切りがあまりにも断定的だったので若葉は驚《おどろ》いた。いや違《ちが》う。つぶやく時ののえるの表情が張りつめていたことに、驚いたのだ。

「あたしは——頑張ったからいいんだとか、負けても悔《く》いはないとか、そんな考え、認めたくない。死んだら終わりなのよ、なにもかも」

「なっ——」

「何を……言ってるの？」

途中《とちゅう》から、のえるが何か別のことを言っているように思えて、若葉は訊《たず》ねた。

のえるは軽く首を振って答えようとはしなかった。

「ううん、こっちの話。とにかくやるからには勝つわ」

「勝手にしたら？　私は認めないけど」

「いいよ。若葉は怒《おこ》っていい」

あっさりとのえるは言った。優《やさ》しい口調だった。

「あたしはもとからふざけてるのよ。自分勝手なの。アホなことしかできないの。これまでさんざん馬鹿にされたこととか、うっかり聞いちゃった話とか、腹の底にたまり切っちゃって、黒瀬の野郎《やろう》をブッ飛ばさないことには気が済まないのよ。それだけよ」

「聞いた話、って……？」

若葉が聞こうとした、そこへ。

「何をしとるんだァ！」

教師の声だった。車で巡回《じゅんかい》中の彼らが、倒《たお》れている眉村を見つけて叫《さけ》んだのだ。

「やばっ！」

のえるは自転車のペダルに足をかけた。

「じゃ、行ってくるわ。じゃーねーっ！」

なんかもう遅刻《ちこく》寸前で家から出発するようなノリで出発していった。

日本を救いに行く者の旅立ちにはとても思えなかった。

「大丈夫《だいじょうぶ》かなぁ……」

恐《おそ》ろしく不安な目をして、健太がつぶやいた。ほのかも同様だった。

若葉は肩《かた》をすくめて、遠く小さく消えていくのえるを見送った。

「それより……。港に行くんなら逆走よ、彼女」

♣

「どりゃあああああああああああああああああっ！」

いっぱいにペダルを踏《ふ》み込んで、のえるは逃《に》げていた。

ミニバンが追いかけてくる。教師どもの乗ったミニバンがぐんぐん迫《せま》ってくる。

のえるもしゃかりきに漕《こ》ぐ。その馬力にチェーンは悲鳴をあげていた。

無視。さらに加速する。

自転車の後輪とミニバンの鼻先がくっつくぐらいに近づいては離《はな》れ、離れてはまた近づく。港とは逆方向に走っているのはわかっていたが道を選んでいる余裕《よゆう》はない。一瞬《いっしゅん》たりとも速度を緩《ゆる》めればすぐにも捕《つか》まる。

というか轢《ひ》かれる。

一瞬、振《ふ》り向いてミニバンをのぞいたら、連中笑っていやがった。ゲームでもしてるつもりか。おのれ、負けてたまるものか。のえるはますますスピードを上げた。元の乗り主の愛情を反映してか、満足に油を差してもらっていないチェーンが無理ですダメですもう限界ですと軋《きし》みを絶叫《ぜっきょう》させていた。

ごめん。我慢《がまん》して。のえるは容赦《ようしゃ》をしない。

曲がるな止まるな、とにかく進め。デコボコ道を、坂道を、アスファルトを、橋を、そしてまた舗装《ほそう》されていない土の上を2台は猛然《もうぜん》と駆《か》け抜《ぬ》けていった。

十字路が見えてきた。やった、とのえるは思った。港へ続く道へつながった。ここから先は民家もあるし曲がり角も多いし車のスピードも落ちる。あとは後ろの金魚のフンを振り切ってしまえばこっちの勝ちだ。心でガッツポーズをして最初の十字路を左折した。するとそこには杖《つえ》をついた年季の入った痩《や》せてて背も高くて帽子《ぼうし》をかぶった老人が。

滑《すべ》った。

ブレーキをかけすぎて、グリップを失った後輪が浮《う》いた。流れるように自転車はくるりと回転してころがった。のえるの身体《からだ》はふっとんで木造倉庫の乾《かわ》いた壁《かべ》を叩《たた》き破った。

ミニバンが停《と》まった。

ゆっくりと教師たちが降りてくる。手には武器。

いっぽうのえるも起きあがった。粉末を頭から被《かぶ》って髪《かみ》から顔から真っ白だが。みっともないとはのえるは思わなかった。今は五体満足ならそれでいい。

「爺《じい》さんがいるからって、手を緩めてもらえるとは思うなよ」

それこそ教師とはとても思えない凶暴《きょうぼう》な男・榎本《えのもと》が、竹刀《しない》を手で唸《うな》らせた。

相手は4人。暴力にはそれなりに自信のある連中だから手間がかかりそうだ。応援《おうえん》が来る恐れもある。まずい。

そこへ。

「うわ」と、男。

「ついにやっちまったか」と、女。

入れ墨《タトゥー》たちと忍があらわれた。

のえるはとっさに口にした。

「助けてくんない？」

「ああ」

忍は理由を聞かずにうなずいた。必要なかった、そんなものは。

「ありがと」

のえるは一言いうと、忍の左を駆け抜けていった。

忍は振り返らなかった。視線は教師たちに向かっていた。

「ちょうど私も暴れたい気分だったしね。久しぶりに」

「ちょ、ちょっと忍《シラミネ》……」

入れ墨《タトゥー》&ピアスボーイズは互《たが》いに顔を見合わせた。

（おい、どうする？）（アホかよ、1対4で1に加勢する馬鹿《ばか》いるかよ！）（俺ら3人しかいないいんだぜ）

ん……？　3人は同時に口にした。

（足せば、4人か）

「くそっ」

最初に言ったのは入れ墨《タトゥー》だった。

「しょうがねえなあ！」

いらだたしげに忍の隣《となり》に並ぶ。

（ど、どうするよ……）（どうするって……そりゃ……）

ピアスボーイズは困った顔をした。迷って、何秒か迷って、そして。

「やけくそだ！」

うおおおおお、と声をあげて教師たちに体当たりをかけた。それが戦いの合図だった。

4対4とはいえ、相手には武器がある。こちらで一番背の高い入れ墨《タトゥー》よりもはるかに上背のある男たちばかりがいる。

しかし、奇襲《きしゅう》は成功した。体当たりを食らった教師の手からバットが落ちた。

入れ墨《タトゥー》が拾って、忍に投げた。

「いらないよ」

忍は拒絶《きょぜつ》した。つかんだバットを無造作に放《ほう》り捨てる。

そして刃《やいば》のような視線を教師たちへと向けた。

「コイツらみたいに、なりたくないし」

♣

海はキラキラと輝《かがや》いていた。

のえるが桟橋《さんばし》にたどりついたとき、船は一隻《せき》も見あたらなかった。

「……って、あっても意味ないか」

そもそも船の動かし方を知らない。そんな根本的なことに気づく。どうやって本州に戻《もど》るつもりだったのか？　のえるは自分につっこんでみた。我ながら呆《あき》れてしまう。いつもそうだ。見切り発車という言葉があるが、自分は見切ってすらない。何も考えてない。気付くと、走り出しているのだ。

（あたしってヤツは――）

進むしかない。

止まらなければ、どこへだろうと行ける。

のえるは地面を蹴《け》って飛んだ。

宙を舞《ま》う数秒。身体《からだ》は重力から解き放たれて柔《やわ》らかな海へと滑《すべ》り込んだ。触《ふ》れた瞬間《しゅんかん》、水の冷たさと真珠《しんじゅ》のような泡《あわ》が自分を包む。身体から髪《かみ》へ脚《あし》へ指の先へと泡は転がるように流れて消えて青く透明《とうめい》な世界が広がった。差し込む光が優《やさ》しく美しく鮮《あざ》やかにゆらめいては踊《おど》る。

気づくと——、冷たかったはずの海は暖かく自分を包んでいた。

びりびりと脳髄《のうずい》が痺《しび》れるような気持ちよさを覚えながら、のえるは思った。

なぜだろう。水は水のままなのに、いつのまにか暖かい。

闇《やみ》もそうだ。どんな夜だろうとうっすらとした光がある。飛びこんだ瞬間は真っ黒に塗《ぬ》り潰《つぶ》されるけれども、目はすぐに光を見つけて、モノを見ることができる。

たぶん、すべてそうなのだろう。

水の冷たさも、闇の暗さも、あたしには関係ない。

感じるのは自分だ。

素晴《すば》らしいと感じるだけで、世界は虹色《にじいろ》に輝き出す。

それが幻《まぼろし》だとしても——幻かどうかを決めることさえ、自分なのだ。

（あたしは信じる）

できるという可能性を。

1人の少女が島から遠ざかり、見えなくなる。

それとは入れ違《ちが》いに、1隻の船が乾島に向かっていた。

機材運搬《うんぱん》用の貨物船だった。けれど船内には土木重機が並んでいた。

ブルドーザーとか、クレーン車とか、フォークリフトとか、ダンプ車とか、
頬《ほお》に傷もつ男たちとか。

そんな中で花一輪、白波を切《き》り裂きながら爆走《ばくそう》する船の頭に見覚えのある顔があった。

祈《いの》るように両手を握《にぎ》りしめるズレたメガネの女教師。

「みなさん……、待っててください……！」

さくらは目指す島を一心に見つめていた。

「任せとけい。娘《むすめ》のかわいい生徒らにもしもンことがあったら、ワシらがただじゃすませんけんのう！」

さくらを守るように男が仁王立《におうだ》ちしている。顔に刻まれた皺《しわ》の風格といい、雄々《おお》しき体格といい、大地にどっしりと根をはやした大木のような男だった。

さくらは目のふちに涙《なみだ》を浮《う》かべながら、信頼《しんらい》に満ちたまなざしを浮かべた。

「はい、お父様！」

しかし、船は尋常《じんじょう》ではないスピードで波を蹴っていた。

道路と同じように海にも制限速度はある。瀬戸内海のように混《こ》んでいる上に障害物だらけの海では出してはいけない速度がある。法律がどうのという堅苦《かたくる》しい話がしたいわけではない。港が見えてきたのなら落とすべき船速があった。命が惜《お》しければ守らなければならない物理法則があった。彼らは確実にそれを超《こ》えようとしていた。30余名合わせたところで100にも知能指数がいかなそうな男たちが、いま瀬戸内海の片隅《かたすみ》で、ニュートンに挑戦《ちょうせん》しようとしていた……。

船のキャビンからハチマキを締《し》めた若造が転がり出てきた。

「親父《おやじ》！　このスピードじゃ岸壁《がんぺき》にぶつかっちまう！」

さくらの父、桃園花吹雪《はなふぶき》は迷わず断言した。

「かまわん！　激突《げきとつ》せい！」

「で、でも親父！」

「杉丸《すぎまる》？　おのれ、学校でなに勉強したんじゃ」

花吹雪は唸《うな》った。左右に伸《の》ばした自慢《じまん》の怒《いか》り髭《ひげ》は針金を通したかのように、風をはらんでもびくともしなかった。

「わかんねえよ、親父。教えてくれよ！」

花吹雪はフフフフフと忍《しの》び笑いをもらした。

「モノはのう……。

「ぶつかりゃ、何でも止まるんじゃい!」


「そうかあ！　さすが親父だ！　かなわねえや！」

「杉丸！　ワシらは何だ！」

「土建屋だ！　日本一の土建屋だ!!」

「そうじゃア!!」

花吹雪は豪快《ごうかい》にかぶりをふった。

「壊《こわ》れたモンは直せばいい!!　修理工事もワシらが受注して一石二鳥の大儲《おおもう》けじゃい!!」

「うおおおっス!!」

「壊せ、壊せィ！　ガハハハハハハハ!!」

人間として大事な部分もいくつか壊れた男たちだった。

――ちなみに船の隅では、木佐がげえげえ胃液を吐《は》いていた。

♣

バシィ！

竹刀《しない》が派手な音を立てて忍を叩《たた》き伏《ふ》せた。

「クッ……！」

入れ墨《タトゥー》とピアスたちはすでに囲まれ、げしげしと足蹴《あしげ》りを食《く》らっていた。

「いい年して友情ごっこか、ああン！」

ガラ空きになった忍の背中めがけて、教師榎本は竹刀を振《ふ》り下ろした。

あまりの力に竹はしなりきれず裂断《れつだん》する。その裂《さ》けた竹の先を榎本は迷わず忍に叩きつけた。

「があああああああっ！」

「指導にも従わず、規律も守れないようなクソが！　いっちょまえに自己犠牲《ぎせい》か！　笑わせるな！」

立ち上がれぬ忍は肩越《かたご》しに振り向いた。痛みに満ちた顔を見て榎本は笑《え》みを浮かべた。

だが、笑ったのは忍も同じだった。

「フン、強がりもほどほどにしたほうがいいぞ」

「ほっといてくれない。私はいい気分なんだから」

「なんだと？」

忍は、実に彼女らしい攻撃《こうげき》的なスマイルを浮かべて言い切った。

「アイツへの貸しが少しでも返せたってと思うと……、大声で笑いだしたいぐらい気持ちがいいのよ」
「ふざけろッ！」
榎本が竹刀を振り上げた。
その時だ。
黄色のヘルメットが飛んで、榎本の顔に激突した。
ぐらり……、と榎本は膝《ひざ》をついた。
「だ、誰《だれ》だ！　出てこい!!」
転がるヘルメットをつかみ上げ、左右を見回す。
ドドドドドドドド……。
けたたましい音とともに、榎本の視界に広がってゆく車体の群れがあった。
道いっぱいに建築重機が爆走《ばくそう》していた。
ブルドーザーとか、クレーン車とか、フォークリフトとか、ダンプ車とか、
頬《ほお》に傷持つ男たちとか。
先頭をきるトラックの屋根に、大木のような男が立っていた。
紋付《もんつ》き袴《はかま》が、恐《おそ》ろしく裾《すそ》の長い袴が、風をはらんで鮮《あざ》やかになびいていた。
まるで花吹雪のようだった。
「ワシじゃあああああああああああ！」
炎《ほのお》のような雄《お》叫《たけ》びが、髭の隙間《すきま》からほとばしった。

榎本は本能的な恐怖《きょうふ》を感じた。マジヤバイ。目を見ればわかった。榎本は知っていた。本当に怖《こわ》いのは人を人と思うことなく暴力をふるえる奴《やつ》だと。そう、奴の目は――、

「と、止まれっ！」

生徒が見ていることも忘れ、榎本は降参した。

だが、トラックは止まらなかった。

「娘《むすめ》のかわいい生徒たちに手えあげとるンは、おのれかぁぁアッ！」

花吹雪は榎本の声など聞いてなかった。

「たっ、たっ、助けてくれ！」

背を向けて逃《に》げ出す。他《ほか》の教師たちも同じだった。

トラックはジジイの雄叫びとともに忍たちの目の前を通過していった。

後続車は止まった。

懐《なつ》かしい顔がふわりと髪《かみ》をなびかせながら降りてきたことに忍は驚《おどろ》いた。

「さくら先生⁉」

あいかわらずメガネはズレていた、あいかわらず間の抜《ぬ》けた声をしていた。

「みなさん！　大丈夫《だいじょうぶ》ですかぁあぁぁぁあ？」

そしてあいかわらず、泣いていた。

♣

カポーン、と竹が石を打つ音がした。

ししおどしである。テレビで見たことのある由緒《ゆいしょ》正しき日本庭園を目《ま》の当たりにして、健太は感心するやら驚くやらで色々忙《いそが》しかった。

空はもう、茜《あかね》に染まった羽根雲が流れていた。

わけのわからないまま救出された健太たち7人は、そのまま船に乗せられ（港にはなぜか激突《げきとつ》で破壊《はかい》された岸壁《がんぺき》と、座礁《ざしょう》した一隻《せき》の運搬船《うんぱんせん》があった）さくらの実家に案内された。

おそろしく広大な敷地《しきち》の中に、これまた壮大《そうだい》なお屋敷《やしき》がある。

屋敷というより、城だ。

壕《ほり》があり、城壁《じょうへき》があり、いくつにも輪を成す郭《くるわ》があり、天守閣があった。

新幹線からものぞくことのできる城郭《じょうかく》は岡山城に間《ま》違《ちが》われることで有名だった。

雰囲気《ふんいき》のいいおばさんに健太たちが案内されたのは、本丸屋敷だった。

20畳《じょう》はあろうかという和室に腰《こし》を下ろし、健太はため息をついた。

「「さくら先生って……」」

漆塗《うるしぬ》りのテーブルを挟《はさ》んで座っていた忍と、思わずハモってしまった。

桃園組といえば岡山では知らぬ者のいない存在らしい。

特殊《とくしゅ》な土建業者。

つまり、ヤクザだった。


頭の中でお花畑が年中春爛漫《はるらんまん》してそうな、さくら先生の正体がヤクザの娘……。


（理解できるような、理解できないような……）

もう一度、健太はため息をついた。

「いろんな意味で普通《ふつう》じゃないとは思ってたけど……」と、忍。

「でも、さくら先生も木佐先生も助けに来てくれるなんて、凄《すご》いよね」と、ほのか。

「ていうか、あのオヤジだろ、オヤジ」と、入れ墨《タトゥー》。

「あのヒゲすげーよな」「ブーメランみたいだったぜ」とピアスたち。

机を囲んで、言葉を交《か》わし合う6人。もう1人は部屋の隅《すみ》にいる。

若葉は、彼らから離《はな》れたところで柱に背を預けて携帯《けいたい》をいじっている。

硬《かた》めのクリック音。インターネットをしているのだ。無言で、不機嫌《ふきげん》で。のんびりとページを読んでいるというよりも、何かを探しているような顔をしていた。

そうなのだ。彼女は島を出ていったのえるのニュースを探していたのだ。

あのあと桃園組はボートを出して海を捜《さが》しているのだが、のえるは見つからない。

大がかりな捜索《そうさく》風景を見て、健太たちはひとまず安心しているようだが、若葉は違《ちが》った。

自分が疑い深いせいだ、と彼女は考えていたが、心配でのえるを追っているのか、別の理由なのか、自分でもわからなかった。

「そだ、テレビ見ようぜ、テレビ」

入れ墨《タトゥー》――ちゃんとした名前は向日水《こうみずかずや》一也、が言った。

「この時間、ニュースばっかりだぜ」「7時まで待てよ」と、ピアスたち。

「なんでもいいよ、この1週間お預けだったんだ。なんでもいいよ」

と、スイッチを入れた。

するとやっぱりニュースだった。

話題は当然のことながら日本国破産についてのものだった。

内閣支持率はもちろん急低下していた。野党は内閣不信任案を出すと声高《こわだか》に主張しているが、倒閣《とうかく》したところで売却《ばいきゃく》を阻止《そし》する代案があるわけでもなく、与党《よとう》多数の国会では採決はほぼ否決されてしまうため、国民の関心は薄《うす》かった。

発表から1週間が経《た》ったこともあり、話題は事件そのものより、その後の暮らしがどうなるかといったことに移っていた。世論調査をしても「黒瀬総理の決断が許せない」という意見と同じぐらい「今の日本は破産しても仕方ない」という意見が多数を占《し》め、国会議事堂を取り囲むようなデモとか、若者が暴動を起こすといった事件も起こらなかった。

頭をきっちり七三分けにした大学の教授がブラウン管の中で解説していた。

「今日本人には社会を変えてやろうというエネルギーは残っていないんですよ。そんなものがあったら、とっくに構造改革ができていいます。バブルが弾《はじ》けて10年以上も猶予《ゆうよ》があったにもかかわらず自己変革《じっし》ができなかったというのがいい証拠《しょうこ》ですよ」

続いて全国各地で実施《じっし》した街頭インタビューが流されるのだが、道行く大人たちの口から出てくるのは、怒《いか》りよりも嘆《なげ》き、叫《さけ》びよりもため息だった。

「黒瀬総理を降ろしたところでどうなるってわけでもないしねえ……」とか、

「日本語がなくなるって聞いた時は驚《おどろ》いたけど、学校の授業から消えるだけで、使うことを禁止されるわけじゃないからねえ……」とか、

「戦前の大日本帝国《ていこく》と一緒《いっしょ》、よその国に潰《つぶ》してもらわないと目が醒《さ》めないんだよ。これで日本も立ち直れるんじゃないの？」とか、

「せっかく貯《た》めたお金を没収《ぼっしゅう》されるのは痛いけど、また、一から働きますよ」とか、

「なんでそんなに物わかりがいいのよ、あんたら!?」

画面に現れた人物を見て、健太は飲んでいたお茶を吹《ふ》き出した。

「の、の、のえるっ!?」

画面の隅に『岡山駅』とあった。空の色は同じ。つまり生中継《なまちゅうけい》だ。

のえるは生きていた。

島を飛び出した時の——体操服姿で現れたのえるは、女性アナの手からマイクを奪《うば》い、手を伸《の》ばしてカメラを自分に向けた。

「これ、東京にも流すの？　全国ネット？　ローカルだったら、テープを官邸《かんてい》に送りつけといてよ」こんな傍若無人《ぼうじゃくぶじん》なことが言える中学生と言えば、日本広しといえども彼女しかいない。

本当に、正真正銘《しょうしんしょうめい》の、折原のえるだった。

若葉も目を奪われていた。テレビから一番遠い位置、つまりみんなに顔を見られていないのを幸いに、柱に預けていた身体《からだ》を起こし、身を乗り出すように画面を注視した。

テレビの中ののえるは、全身からオーラが立ち上っていそうなほどに元気だった。

海から上がってからシャワーを浴びてないのだろう、顔に潮のあとが残っていたりするのだが、そんなのおかまいなしだ。

おかまいなしで、カメラに向かって噛《か》みついた。

「聞いてる？　黒瀬誠一郎！　あたしは納得《なっとく》してないわよ！　日本が破産？　外国に売却？　ふざけるんじゃないわ、国と会社を一緒にしないでよ！　あたしは絶対に認めないわよ。今から東京行くから首を洗って待ってなさい！」

画面はいきなり東京にあるスタジオに戻《もど》った。

前総理の登場に、ニュースキャスターが会話を試みようとしていたのだ。

小野寺良一《おのでらりょういち》——年は40代後半、奥様受けするさっぱりとした顔立ちのフリーアナウンサーだ。思想定見があるわけではなく、世論の風向きを読んではちょっと辛口《からくち》のコメントをすることで人気を得てきた彼は、（ここは前総理をやりこめたほうが、話題になりそうだ）というだけの考えで彼女を激しく責め立てようと考えた。

画面の中に画面が現れて、大きな画面にのえる、小さな画面に小野寺が映る。

（大事なのは最初の印象《ツカミ》だ。視聴者を味方につけるには――）

バン、と机を叩《たた》いて、小野寺は会話を切り出した。

「認めない認めないって、そんなもの誰《だれ》だってそうですよ！　誰だって財産没収なんてされたくない！　けれどイヤだイヤだで現実は変わるんですか!?　世の中よくなるんですか？　今は無責任な文句より覚悟《かくご》をする時なのではないですか！」

「覚悟って何よ。自分をごまかすための理屈《りくつ》を考えるってこと？」

「世論調査の結果を見なさいよ！」

小野寺は円グラフの描《えが》かれたフリップを示した。そこには先ほど紹介《しょうかい》された結果と、実施日、有効回答数などが記されていた。

「世論調査ねえ……。毎回見るけど、たった1000人ぽっちの人数で1億人の声がまとめられるとかアンタ本気で思ってるの？」

小野寺は鼻で笑った。机にあったペンを投げ出して笑った。

「1000人というのは、我が国の人口に合わせて弾き出された統計学的に正しいサンプル数なのですよ！」

「だからどうしたのよ」

のえるは言った。

凜《りん》とした目で、そよとも動じることのないまなざしで、彼に告げる。

「自分に立ち上がる覚悟がないからって、テレビ使って仲間を探《さが》そうとするのやめなさいよ。みっともないわ」

「じゃあ、じゃあキミはどうするつもりなんだ？　僕を馬鹿にするのは結構だが、それならキミはいったいどうするつもりなんだ？」

「黒瀬を潰《つぶ》して、この国を奪い返すのよ！」

ぶわっはっはっはっは、と小野寺は笑った。

彼は机の下にあるスイッチで中継《ちゅうけい》を切断すると、画面を自分だけのものにした。

あとは延々、のえるの悪口を言った。

健太たちは急いで岡山駅前に向かったが、のえるの姿はなかった。

駅員の人や長距離《ちょうきょり》バスの切符《きっぷ》売り場の人に話を聞いてまわったが、手がかりはまったく得られなかった。

♣

次の日。

夜の間、組の若い衆が捜索《そうさく》にまわっていたが、のえるの行方《ゆくえ》は杳《よう》として知れなかった。

健太は心あたりに電話を入れた。

これから彼女がやらかしそうなことを考えた。まずアルカンタラ王国に国際電話した。

王女のシャイニィなら、のえるが頼《たの》めば戦車の10台や100台、何の躊躇《ちゅうちょ》もなく日本に送り込むだろうと考えたのだ。

しかし彼女はきょとんとした声で、

「ノエルからの連絡《れんらく》？　ありませんわ」

それどころかこれまでの経緯《けいい》を話すと、健太たちが別行動をしていることに驚《おどろ》いた。

「どうしてケンタが守ってあげないのです？」

「どうしてケンタが守ってあげないのです？」

のえるに口止めされている可能性も健太は考えたが、そんなことをしてもまるで意味がないことに気付いた。あのとき、のえるは言ったのだ。

――あたしは1人で黒瀬を倒《たお》す。東京に行って日本を奪《うば》い返す！　と。

だから、誰かに助けを借りるわけがないのだ。

昨日と同じ和室で朝食をとりながら、健太はそのことに思いを寄せた。

「そもそもどうやって東京まで行くつもりなんだよ……お金もないのに」

心配しすぎさ、と忍は笑った。

「いくら折原でもヒッチハイクぐらいするさ」

そのとき、テレビの画面がいきなり中継に切り替《か》わった。

『見てください！　折原前総理が！　自転車で走ってます！』

「はあああっ!?」

今度は忍がお茶を吹《ふ》き出した。

画面は国道を映していた。ツーリング仕様でもなんでもない、スーパーで並んでるような自転車に乗ったのえるを、ミニバンの窓を開けてカメラが追いかけていた。

「今からインタビューを試みたいと思います」

カメラは助手席にいた若い女子アナを映した。

安全マークのついたヘルメットをかぶったアナは、窓から思い切り身を乗り出して、さらに手を伸《の》ばして、のえるにマイクを差し出した。

「あーのー、何してるんですか～っ！」

風に負けないよう大声を絞《しぼ》り出す。

のえるはさわやかに答えた。

「東京に行くのよ！」

いくつかの会話のやりとりで、自転車に乗ってるのも、東京に向かってるのも、黒瀬を倒して日本売却《ばいきゃく》を阻止《そし》するためだということがわかった。

「それと――、自転車に乗ってることに何の関係があるんですか――っ！」

「こうでもしないとね！　友達が認めてくれないのよ！」

「友達、だと？」

黒瀬は豪快《ごうかい》な笑い声をあげた。

朝も早くから、汚《よご》れた体操服姿で、汗《あせ》をぶりぶりかきながら、せっせと自転車を漕《こ》ぐ折原のえるのミジメな姿をテレビで見られただけでも愉快《ゆかい》だと言うのに、自分を倒すなどと血迷ったことをほざき、友達のために自転車を選んだなどと世迷《よま》い言《ごと》をぬかす。

腹がよじれて腹がよじれて、痙攣《けいれん》を起こしてしまいそうなほどおかしかった。

「まったく、救いがたい馬鹿《ばか》だな」


「まったく、救いがたい馬鹿よね」

そう言って、若葉がため息をついた。完全に呆《あき》れた目をしていた。

「馬鹿って……！」

健太の語気は荒《あら》かった。彼女の態度に腹を立てたのだ。

しかし、ムカついていたのは若葉も同じだ。

「だってそうでしょ、東京まで何キロあると思ってるの？　調印式まであと5日よ。間に合うわけないじゃない」

「だからって……」

「間に合わなかったら、私のせいになるわけ？」

「のえるはそんなこと言わないよ！」

「自動的にそうなるじゃない。力があるならさっさと使っちゃえばいいのよ」

「でも、それじゃキミに届かないだろ！」

「ほら！　私のせいになる」

「違《ちが》うよ！」

「彼女は最後の最後まで必死に頑張《がんば》りました。でも無理でした。キレイな話よね。汗水垂《た》らせば、みんな同情だってしてくれるし。でも、そうやって私を追いつめるつもり？　意《い》固地《こじ》になってる私に間違ってましたって言わせるつもり？」

「のえるは絶対にやり遂《と》げるつもりだよ！」

「口先ならなんとでも言えるわ」

「…………」

健太は言葉につまった。

そう言われてしまえば、何を言っても説得できないからだ。

悔《くや》しさを顔いっぱいににじませて、沈黙《ちんもく》する。

それを見て、

「若葉《アオイ》さん……」

ほのかが口を開いた。

「折原さんは本気だよ」

語尾《ごび》を上げた言い方は、諭《さと》すというより伝えたいという気持ちだった。

ほのかには、健太の腹立たしさも若葉のいらだちも痛いほど伝わってきた。わかるのだ。

彼女がすぐに涙《なみだ》ぐむのは、それほど強い感受性を持っているからだ。他人の気持ちを受け止めすぎるから自分の意見が言えず、人からは自分の意志がないように見えてしまう。

でもそれは彼女の弱さではない。優《やさ》しさだ。

「折原さんは本気で、若葉《アオイ》さんとの約束を守ろうとしてるの」

信用できないわよ、と若葉は言いかけて、ほのかの顔を見て、黙《だま》る。

一心に自分を見つめるほのかのまなざしに、嘘《うそ》はないと思ったからだ。

「サラさんの話、知ってるでしょう？」

ほのかの言葉に、若葉は目でうなずいた。

テレビで見たことがある。ニューヨークで起こった自爆《じばく》テロ事件から始まった戦争をのえるが止めようとしたのは、テロで友達が死んだことがきっかけだと。

「折原さんね、言ってた。こんなことしても自己満足にしかならないんじゃないかなって。死んだ人が蘇《よみがえ》るわけじゃないし、晴れるのは自分の気持ちだけだしって」

ほのかは言葉を続けようとして、苦しそうな顔をした。

のえると話をした時のことを思い出して、のえるの気持ちに思いを寄せて、胸を痛めている。息をするのもつらそうに、ゆっくりと……本当にゆっくりとつぶやく。

「もう何をしたって、サラのためにはならないんだって、言ってたの」

「若葉《アオイ》さんはどう思う？」

言われて若葉は沈黙した。答えるかわりに、視線を切った。

「わたしは違うと思う。だって友達が死んでるからって、折原さんがしたことに意味がないなんて思わないもの。死んだ人のために何をしても意味がないって言うなら、折原さんは見返りのないことのために命をかけたのよ。それを意味がないだなんて言いたくない」

「私は……違う」

若葉は首を振《ふ》った。震《ふる》えるほどの弱々《よわよわ》しい動きだった。

むかついていたはずなのに、言葉になったのは怒気《どき》とはほど遠いものだった。

私は違う──何が違うというのか──考えて、意識へ潜《もぐ》る。

まるで海のように深く、重く、暗い闇《やみ》へと手をのばす。底知れぬ彼方《かなた》へ。

（のえるが私のためにそこまでするはずがない）

（私はそんなたいした人間じゃない）

思い至った瞬間《しゅんかん》、若葉は熱く焼けた針を身体《からだ》に差し込まれたような痛みを覚えた。

父が死んでからこれまで何度──何度、こんな気持ちになったろう。

嫌《いや》な体験なんてたいしたことはなかった。自分はもう中学生だ。ちょっとやそっと不愉《ふゆ》快《かい》なことをされたぐらいでひねくれるほど子供じゃない。

やりきれないのは絶望だ。

「…………」

自分はいるだけで母親を不幸にしている。一番好きな人を苦しめることしかできない。同級生だって私がいたら邪魔《じゃま》だろう。面白《おもしろ》いことを言えるわけでもないし、かわいくもない。それが嫌で——それが怖《こわ》くて自分から相手を遠ざけた。私から嫌いになれば、傷つかずに済む。絶望すればいい。そうすれば強く生きていける。そう思った。

けれど、誰《だれ》からも必要とされない自分って何なのだろう。

自分の価値をゼロにして——、ゼロを手に入れたとき、少しも強くなれていない自分に気付く。のえるが友達のために命をはった。それと自分に何の関係があるのか。

「私とサラは、違《ちが》うよ」

また首を振る。ひどく寂《さび》しい思いが胸を満たした。サラという女の子にはあって自分にはないもの。それが痛みの正体だ。寂しさだ。

「折原さん、きっと、若葉さんの事情知ってるんだと思う」

ほのかは言った。

「あのね、折原さんのすることが理解しにくいの、わたしもそうなんだ。だって若葉さんの事情を知ったって、わたしはつらくなったり悲しくなったりするだけで、救ってあげられるとか、仇討《あだう》ちをしてやるとか言えないもの。そんなのできないから、優しげな言葉を口にしたりとかしか、できない……」

ほのかはうつむいた。うつむいた表情がとても切なげだった。

胸元《むなもと》にやった手が、ブラウスをぎゅっと握りしめていた。

「でも、折原さんは違うの。本気なの。本気で若葉さんのこと考えてるの。なんとかできると思ってるの。自分には何かができると思ってるの」

「そ、それが迷惑《めいわく》なのよ。間に合わなかったらどうするつもり？」

「のえるには、奥の手があるんだ」

口を挟《はさ》んだのは健太だった。彼の表情を見て、若葉は驚《おどろ》いた。

自分の意志なんかない、他人に引きずられるふりをして優柔不断《ゆうじゅうふだん》をごまかしている軟弱《なんじゃく》な男の子だと思っていたのに、そよとも揺《ゆ》るがない真剣《しんけん》なまなざしをしていたからだ。

何をそんなに思い詰《つ》めているのだろうか、健太の声はひどく重く、静かだった。

「それを使えば、まず勝てる。でも、わざわざ自転車で東京に行く必要はない」

「でしょう？　総理大臣だっていうなら、私なんか放《ほう》って日本を救うべきでしょ？」

「自分のこと『なんか』なんて言っちゃダメだよ」

健太は言った。昔、自分がのえるに言われた言葉だった。

「なに言ってるのよ、私と日本を比べものにできるわけないじゃない」

「のえるは同じだと思ってるよ！」

こらえきれず、健太は叫《さけ》んだ。

「のえるはキミにした約束と、黒瀬を倒《たお》すことを同じ重さだって思っているよ！」

叫んで、健太は言葉を噛《か》みしめるように、もう一度つぶやいた。

「同じぐらい大事なんだよ」

「…………」

若葉は何かを言おうとして、怖くなって、口をつぐんだ。

言いたい言葉は次から次へと出てきた。けれど、どれもホントじゃない。本当の私の気持ちじゃない。これまでだって言葉は私を裏切り続けた。言葉は私の本当の気持ちを伝えてくれはしなかった。

違う。

裏切っていたのは私だ。なんとでも言えるのをいいことに、言葉に嘘《うそ》をつかせた。

（どうしよう……）

若葉は考えて、考えて、
ようやく口にした。

「あの子のそういうところが、嫌《きら》いなのよ」

部屋を出ていく。

「若葉さん！　待ってよ！」

追いかけようとする健太の肩《かた》を、忍がつかんだ。

張りつめた顔で振り向いた健太に、忍は安心させるように頷《うなず》いた。

「わかってるよ、若葉《アイツ》だってな」

（わかってるわよ、私だって……）

板張りの廊下《ろうか》は踏《ふ》みしめるたびに音がした。遠い悲鳴のように聞こえて、若葉は耳をふさぎたくなった。自分の声みたいで。

(私、また……)

言葉に嘘をつかせてしまった。

(のえるは本当に……)

私のために、走ってくれているんだろうか。

(もしそうだとしたら……)

(私は……)

ぴたりと、足が止まった。

胸の奥がじんわりと熱くなっているのがわかった。

それが言葉にできない、本当の気持ちだ。

(知りたい)

(誰のために走ってくれているのか……)

(のえるが東京にたどり着いて、黒瀬を倒して、そうすれば……)

わかる。

(すごく知りたい)

若葉は携帯《けいたい》を取り出した。

(私に出来ることは……)

ボタンを押して、ネットへ接続《せつぞく》した。

425．匿名《とくめい》希望さん
今朝のテレビ見た？　このままじゃ5日までに東京にはつかないけど、私たち、何ができると思う？

426．匿名希望さん
俺たちにできること。
5日のテレビで恥《はじ》をかくのえるを見のがさないこと。

427．匿名希望さん
つうか、のえるのことだ。
関空から外国へ高飛びするんじゃネーの？　ひとりだけ。

428．匿名希望さん
俺も亡命してえ。

429．匿名希望さん
彼女はそんなことしないよ。

430．匿名希望さん
根拠《こんきょ》もないことというなよボケ。脳内ソースでモノ言うなってーの！

431．匿名希望さん
落ち着けよ。のえるのむちゃくちゃは今に始まった話じゃないだろ。でも、今回ばかりは無理だな。警察も自衛隊も使えないんじゃ、どうにもならない。

432．匿名希望さん
やってみなきゃわかんないでしょ。奥の手があるかもしれないじゃない。

433．匿名希望さん
奥の手っつーか、陰謀《いんぼう》だったりして。政府の仕組んだガス抜《ぬ》きかもよ？

すでに公職を退いた前総理に派手なパフォーマンスをさせて、5日まで国民の目をそらさせる。で、オチは結局ダメでした。

ドルマンへの面目もついて、最後に黒瀬が高笑い、と。

434．匿名希望さん
テレビ局の仕込みかもよ。実際に走ってるのはアレだけで、今頃《いまごろ》ホテルで一休み。

435．匿名希望さん
ありえる。

436．匿名希望さん
自転車見たぜ。のえるだった。三宮《さんのみや》駅前で。

437．匿名希望さん
マジで走ってるのかよ……。

438．匿名希望さん
ほら、だから信じてみようよ！

439. 匿名希望さん
そりゃ神戸《こうべ》ぐらいなら誰《だれ》でも走れるさ。本気かどうかはスピードと距離《きょり》でわかるよ。

間に合わせる気がないならほどほどのペースで走るさ。疲《つか》れるだけ無駄《むだ》だし。


「若葉《アオイ》さん、お昼が出来たけど……」

「いらない」

「……携帯するのもいいけど、のえる、まだ走ってるよ」

「…………」

「せめて、テレビでも見てほしいんだけど」

「…………」

若葉は健太に目をくれることなく、携帯へ文章を打ち込み続けた。

496. 匿名《とくめい》希望さん
芦屋《あしや》で見た。

497. 匿名希望さん
どこでへタるか見物だな。けけ。

498. 匿名希望さん
ヘタレにヘタレって言われてもね。

499. 匿名希望さん
そういうお前もヘタレだろ！


（失敗した……）

ムカっとくる書き込みを見て、脊髄《せきずい》反射で相手を煽《あお》るようなコメントをつけてしまったことを若葉は反省した。のえるを5日までに東京へ連れていくにはみんなの協力が必要なのに。場が荒《あ》れてしまっては、話を切り出しても協力してもらえない。

若葉は焦《あせ》っている自分に気付いた。

（まあいい）

失敗しても、何度でもやりなおせるのが匿名希望のいいところだ。

また新しい人になりすまして、説得開始だ。

552. 匿名希望さん
京都で発見。

553. 匿名希望さん
この調子で行けば今夜中に滋賀《しが》県入りだな。すげぇスピードだよ。

俺は、のえるは本気だと信じる。東京に行く気だ。

554. 匿名希望さん
絶対無理。あんなペースで走ったら、次の日からパンパンで足動かないよ。

人間の体力じゃ、どうみても無理だと思う。いくら本気でもね……。


（失敗した……）

のえるは自分の馬鹿《ばか》さ加減を呪った。

ペース配分を間違《まちが》えた。飛ばしすぎた。

果てしなく満月に近づいた空の下、日付はすでに8月2日を迎《むか》えている。場所は京都府を過ぎて滋賀県のあたり。深夜にもなればさしもの国道一号線も静かなものだ。車の数もめっきり減った道を走る少女のまぶたはすでに半分落ちかかっていた。

すでにテレビカメラはない。たった1人、走り続けている。

24時間以上も自転車の上にいる。岡山からずっとだ。食べるお金もないから、出るものもない。疲《つか》れ切った足が鉛《なまり》のようだ。太股《ふともも》から先が自分の身体《からだ》だと思えない。右足と左足を交互に上げるたびに体力以外のものを消費している気がする。精神力とか、脂汗《あぶらあせ》とか。

理由は簡単だった。

——100メートル走のスピードで42.195キロは走れない。

小学1年生だってわかることだった。冷静に考えなくても。

（やっぱり、あたしは幼稚園《ようちえん》ぐらいがちょうどいいのかな……）

そんな弱音まで吐《は》けてくる。

いや、実際吐きそうだった。喉《のど》のあたりまでむかむかとした胃液がはい上がっては落ちるのがわかる。

腰から下だけではどうにもならないから、腕《うで》の力で身体を起こして、体重ごとペダルを回しているのだが、それも限界に近づいてきた。

このままじゃ東京どころか名古屋《なごや》に着く前にあの世行きだ。何かアイデアを出さないと。

（ともかく人力じゃ無理）

（パトカーでも盗《ぬす》んで、それで東京行くってのは？）

（おっ、名案……）

「じゃないよ！」

のえるは思わず叫《さけ》んでしまった。愚《おろ》かな思いつきは脳から落としてしまえと首を振る。

（ダメよダメ）

（1人で東京行くって約束したんだから）

(若葉としたんだから!)

のえるはその時のことを思い出した。

(アンタが無理だと思ってること、全部実現してみせるって!)

全然理屈《りくつ》になってない気がするけど、ただの直感だけど、
そうするしかないと思った。

あたしはまだ、たった14年しか生きてないけれど、わかったことがある。

強さと強がりは違う。

若葉の強さは弱い強さだ。彼女が生きていくために身につけた強がりだ。

笑えないことも、人を信じないところも、何でもあきらめる癖《くせ》も、自分に用意された運命をサバイバルするために彼女がつかんだ武器だ。

砂を噛《か》むような思いで選んだ道だ。

どうして馬鹿になんかできるだろう。

お母さんの秘密を知ったとき、若葉はどんな気持ちだったか。

たった1人の家族なのに。大好きなお母さんとの絆《きずな》すら傷つけられて。

若葉は嫌《いや》な子なんかじゃない。嫌な子なら苦しんだりしない。自分がいなければなんて思い詰《つ》めたりしない。

優《やさ》しい若葉。

ずっと自分の中にためこんで。

どんな思いで毎日を過ごして来たんだろう？

わからない——、あたしにわかるはずがない。毎日を能天気に生きてるあたしが想像できるつらさや苦しみなんて、若葉が味わってきたものに及《およ》ぶはずがない。

すごく悔《くや》しい。

悔しすぎてやりきれない。

なんで若葉は、そんな思いをしなくちゃいけないのか。

若葉だけじゃない。

これまで出会ってきたみんな——。

病気のせいで色んなことを我慢《がまん》してきた光ちゃん、王家に生まれたせいで好きな人を信じることができずに苦しんでいたシャイニィ、テロに命を断たれてしまったサラ。

みんな——みんな誰《だれ》も、そんな風になりたいなんて思ってなかったろうに。

友達と思い切り遊んでみたかったり、大好きな人と幸せになりたかったり、誰でも当たり前にもっていいはずの夢すら奪《うば》われて、自分すら信じられずに——苦しんで。

（どうして、彼女たちが——！）

もう1つだけ、14年の人生でわかったことがある。

世の中にある理不尽《りふじん》のほとんどは——、人が人に強《し》いたものだ。

光ちゃんが充分《じゅうぶん》な治療《ちりょう》を受けられなかったのは、外国では普通《ふつう》に出来る治療法を阻止《そし》することで私腹を肥やそうとした政治家がいたからだ。

シャイニィがお兄さんを失ったのも、権力を手に入れようとした人間がいたからだ。

サラに至っては殺された。

若葉からお父さんを奪ったのは誰だ。

たった2人になった母娘《おやこ》の幸せすら踏《ふ》みにじられてしまうのは何のためだ？

たった1人の政治家の、権力を守るためだ。

「黒瀬……ッ！」

呪《のろ》うような声がもれた。疲《つか》れ切った身体《からだ》のどこにこれほどの力が残っていたのか、怒《いか》りで全身が沸騰《ふっとう》しそうだった。憎《にく》い。許せない。

（どうすればいい？　あたしにできることは何？）

のえるは思った。

若葉を自由にするには、彼女を縛《しば》ってるものを全部ぶっ壊すしかないと。

できないと思ってることを成し遂《と》げて、度肝《どぎも》を抜《ぬ》くしかない。

馬鹿《ばか》でけっこう。人に笑われるぐらいがどうした。そんなのたいしたことない。

若葉のつらさを思えば、なんてことはない。

（黒瀬を倒《たお》して！　日本を奪い返してやるんだから！）

不可能だなんて思わない。あたしにできることが必ずあるはずだ。たとえなくても。

そう信じることに決めたんだ！

（絶対に東京にたどりついてやる！）

道は上り坂に差し掛《か》かっていた。ペダルが重たくなる。見上げると山へ続いている。

「負けないんだから！」

身体に残っている力をすべて吐《は》き出すように、のえるはペダルを強く踏《ふ》み込んだ。

♣

「ん？　黒瀬の汚職疑惑《おしょくぎわく》だと？」

若手の別働隊から上がってきたレポートを見て、鈴原は眉《まゆ》をひそめた。

時間はもう深夜の2時。江戸時代なら草木も眠る丑三《うしみ》つ時《どき》だ。しかし新聞社のビルは全階全フロアが煌々《こうこう》となっていて眠《ねむ》ることを知らない。日刊新聞社もそうだ。政治部デスク鈴原のいる編集部も昼間と変わらない活発さで記者たちが仕事をしていた。

どれだけのタバコが消費されているのだろう、微妙《びみょう》に灰色に煙《けぶ》る空気の中で、鈴原は部下の作成したファイルを開いた。

「そうです！　6年前のODA（政府開発援助《えんじょ》）がらみの外務省汚職スキャンダルはご存じですよね？」

自信の一作なのだろう。さわやかに髪《かみ》を刈《か》り上げた青年記者は鼻高々に言った。

「黒瀬が外務大臣だった頃《ころ》だな」

「そうです！　事件は外務官僚《かんりょう》のトップ、葵事務次官が賄賂《わいろ》を貰《もら》っていたことで決着しましたが、実は違《ちが》ったんです！」

「実は黒瀬が犯人で、事務次官は罪を被《かぶ》って自殺した、とでもいうのか」

「主任！　すごい勘《かん》ですね!!」

すぱーん！

鈴原は丸めたファイルで部下の頭を叩《たた》いた。

「その程度の情報はとっくに調べをつけている」

「使えませんか？」

「死人に口なしだ。次官の死に関《かか》わっていたところで、シラを切られればそれで終わりだ」

「そうですか……」

鈴原はファイルをつっかえした。

「残念だったな、社長賞はこの次狙《ねら》え」

「僕をナメないでくださいよ、鈴原主任」

青年記者はしょげるどころか、にんまりと不敵な笑《え》みを浮《う》かべた。

「実はもう1つ、とっておきの書類があるんですけど……」

♣

海でもあるまいし、アスファルトの上を右に左にうねりながら進む自転車があった。

あれから4時間が過ぎたが、のえるが進んだ距離《きより》は4キロほどだった。

山道は彼女を手こずらせながら、いやらしく曲がりくねり、上り下りを続けていた。

うっすらと東の空が白み始めている。これで徹夜《てつや》は2日目だ。

「ハァハァ……」

眼《め》の下にはすっかり隈《くま》が浮かんでいる。顔の色は土気色。100人の医者がいれば、100人とも迷わず入院を指示するほどの脱水症状《だっすいしょうじょう》も起こしていた。

それでも彼女はあきらめない。

ゴミ捨て場にあった自転車はもともと死期が近づいていたのか、乱暴な運転でダメになったのか、ギアはすっかり摩耗《まもう》して、ついにチェーンを噛《か》むことをあきらめた。

空回りするペダルに、がくっと体勢を崩《くず》したのえるは、頭から舗装道《ほそうどう》に激突《げきとつ》した。受け身を取る体力も残っていなかった。

それでも立ち上がる。

膝《ひざ》こぞうをすりむいているのに、気に留める様子もない。

そんなことに使う体力もロスしたくないとばかりに、横転してガードレールの隙間《すきま》に挟《はさ》まった自転車を引きずり出すと、今度は手押しで歩きはじめた。

薄《うす》い朝靄《あさもや》が漂《ただよ》いはじめる道を、一歩、また一歩と進む。

けぶる靄の先に小さな光点が見えた。自転車のライトだ。シャーッと軽快な音を立てながら、一台のロードサイクルが通り過ぎていった。

「うおっと、通り過ぎるところだった」

ロードサイクルは慌《あわ》てて制動をかけてターンを決めると、のえるの隣《となり》に寄った。

体育会系の体つきをした、さっぱりとした顔つきの青年だ。高校生ぐらいか。几帳面《きちようめん》な性格なのか自転車には名前が書いてある。大和忠《やまとただし》と。

彼は初対面だというのに人見知りをする様子もなく、のえるに話しかけた。

「間に合ってよかった。夕方のテレビで見て、あんな自転車じゃ一晩もたないって思ったんだ。乗れよ、豊橋《とよはし》まで連れてってやるからさ」

「ごめん。あたしは1人で行きたいから」

のえるは申し訳なさそうに首を振《ふ》ると、また歩きだした。

「これ、頼《たの》まれモノ」

彼は携帯《けいたい》を差し出した。それはのえるにとって見覚えのある携帯だった。

「……若葉？」

画面には、メールの着信を伝える表示があった。

「見てみな」

『人の好意は素直《すなお》に受け取るものよ』

差出人のところに名前はなかった。そんなものは必要なかった。

「…………」

携帯をぎゅっと握《にぎ》りしめて、ポケットにしまった。

プラスティックなのに、入れるとなぜか胸が熱くなった。

♣

時間は前日にさかのぼる。

若葉は夜になっても、携帯から目を離《はな》すことはなかった。

誰《だれ》もいない部屋で、ひとりきりで戦いを続けていた。

562．匿名希望《とくめい》さん
だからなんだって言うんだよ。
冷静に考えてみな。中学生が1人、東京に行ったからってどうなるんだ？
何も起こりゃしねーよ。バカじゃねーの？

563．匿名希望さん

そうかな？　のえるが東京ついたら面白《おもしろ》いことが起こると思わないか？

564. 匿名希望さん
東京行っただけで黒瀬が死ぬのかよ。

565. 匿名希望さん
アイツが死んだって、問題は解決しないだろ。

566. 匿名希望さん
でも、なんかは起こると思う。
これまでだって、のえるが動いて何も起こらなかったためしないし。
余計事態はむちゃくちゃになるかもしれないけど、絶対、状況《じょうきょう》は変わるよ。

567. 匿名希望さん
むちゃくちゃか。面白そうじゃん。このままわけのわかんないまま、
うやむやに日本がなくなるより、ぶっ壊《こわ》してくれたほうが俺はいい。
よし、俺は応援《おうえん》するぞ。

（やった！）

567の書き込みを見て、若葉は驚喜《きょうき》した。

（やっと味方が出てきた！）

ガッツポーズを取っている自分に気付いて、恥《は》ずかしくなった。

568．匿名希望さん

そんな無責任な……。

569．匿名希望さん

他人の責任なんて誰も取れないよ。俺らは俺らでしたいことをするだけ。のえるを応援するのも勝手。感謝されるためじゃないし、ましてや損得でもない。そんなことに縛《しば》られて身動きとれなくなるのは大人になってからでいいだろ。そもそも俺らは、誰だかわかんない匿名希望さんなんだしな（笑）。俺たちがなんかする理由はそれで充分《じゅうぶん》じゃないか？

570．匿名希望さん

なんかするって何するんだよ。

571. 匿名希望さん
5日までに東京に戻《もど》る方法を考えるんだよ。俺たちで。

572. 匿名希望さん
誰か、車出してやれよ。

573. 匿名希望さん
テレビ見とけよ、乗りたくないんだとさ。

574. 匿名希望さん
なんでえ？

575. 匿名希望さん
頭おかしいんだよ。アホなんだよ。だから俺たちでなんとかしてやるんだよ。

576. 匿名希望さん
しっかし自転車だろ？　寝《ね》てる間にトラックにでも乗せて移動するか？

（よし、今だ！）
若葉は、のえるを東京に送るための作戦を書き込んだ。

577．匿名希望さん
彼女が眠《ねむ》ってる間、代わりばんこに自転車漕《こ》いであげればいいんじゃないかな？

（お願い、食いついて！）
祈《いの》るような気持ちで、若葉はコメントを待った。
1分……、2分……、そして。

580．匿名希望さん
俺やる！　名古屋に住んでるから。ちょうど夏休み中だし、豊橋ぐらいまでなら
でも、拒否《きよひ》されないかな？

（やった！）
若葉ははやる心を抑《おさ》えて、返事を打ち込んだ。

581．匿名希望さん

深夜になるけど駅前で逢《あ》える？　彼女に渡《わた》したいものがあるから。


「今日の調子はどうですか――――っ？」

きらきらと太平洋の輝《かがや》く海沿いに出たところで、ミニバンから元気な女子アナが身を乗り出してマイクを差し出してきた。

のえるは先ほどのロードレーサーとは違《ちが》う自転車にのって、国道を進んでいた。

顔色はすこぶるよい。

ものの数時間も寝れば、体力もそれなりに回復したのだろう。山道で出会った青年にしばらく引っ張ってもらい、すぐに調子を取り戻した。

それに、昨日の彼女とはもうひとつ違ったところがある。

首からさげたストラップの先には、携帯《けいたい》電話。

「快調よ。自転車も新調したしね！」

「どうしたんです？」

「拾ってきてもらったの」

「誰《だれ》にですか？」

のえるは楽しそうに答えた。

「知らない人！」

そこへ携帯の着信音が。のえるはメールを確認《かくにん》した。

「目の前!?」

文面に驚《おどろ》いて顔を上げると、路駐《ろちゅう》した青いスポーツカーから男の3人連れが、手を振《ふ》ってるのが見えた。

年は大学生ぐらいか。いかにも軽薄《けいはく》な風情《ふぜい》をした彼らは、のえるがやってくると、コンビニで買っておいたパンとかペットボトルの袋《ふくろ》を手渡した。

「少ないけど、荷物になっても邪魔《じゃま》だし」「次の補給ポイントも準備してるから」「今夜は雨が降るかもしれないって言ってたから、カッパも入れといた」

次々に口にする。

「みんな、ありがとね」

「いいっていいって。俺ら、面白《おもしろ》半分でやってるだけなんだし」「テレビに映ってラッキーな感じ？」「怪我《けが》すんなよ」

のえるが走り去った後、女子アナは彼らに質問した。回答はこうだった。

「知らないし、彼女がすることとなんて」「でも、どっちかに賭《か》けるんだったら、のえるのほうが面白いっしょ」「黒瀬ん時よりひどいことになってもいいよ」

楽しそうに言う彼らに、無責任さを感じ取った女子アナは声を荒《あら》げた。

「日本がどうなってもいいっていうんですか!?」

すると彼らはいとも自然に答えた。

「そん時は俺らが頑張《がんば》ればいいじゃん」「そうそう」「俺らの国なんだからさ」

そのテレビ中継《ちゆうけい》を、健太たちはホテルのテレビで見ていた。

名古屋である。昨夜、若葉が唐突《とうとつ》に「東京に戻《もど》りたい。私は途中《とちゆう》で降ろしてもらえばいい」というので、さくら先生以下、新幹線に乗り込んで出発したのだ。

「あの携帯って……」

健太は思わず若葉を振り返った。よく見ると彼女の手にあるのはさくら先生のものだ。

「あげたわ。そうしないと連絡《れんらく》取れないし」

「名古屋で逢ってたの⁉」

「逢うわけないでしょ、私が」

言いながらも若葉は視線を携帯から離《はな》すことなく、カチカチとタイプを続けている。

「別に、彼女を認めたわけじゃないんだから」

そう言いながら、口元には少しだけ笑《え》みが浮《う》かんでいる。

♣

「これだからテレビは低俗《ていぞく》なんだ！」

黒瀬はいらだちにまかせてチャンネルを変えた。

ここは官邸《かんてい》の執務《しつむ》室《しつ》。いるのは黒瀬の他《ほか》に秘書と官房《かんぼう》長官ぐらいだ。

夕方のニュースはどの局も、のえるの東上作戦を扱《あつか》っていた。

「見てみろ、あの顔を！　小娘《こむすめ》めが、調子こきおって!!」

へこんだ様子ひとつ見せず、意気揚々《いきようよう》と自転車を漕《こ》いでいる姿が気に入らないらしい。

画面の中ではインタビューが続いていた。

『自衛隊と秘密裏《り》に連携してるという噂《うわさ》もありますが』

『あっはっは。あたしがその気になれば米軍だって呼べるわよ』

『黒瀬内閣を倒《たお》す奥の手というのは、やはりクーデターなのですか？』

『クーデターねえ、いいかも？』

ガシャン！　と音がしてテレビは沈黙《ちんもく》した。

黒瀬が投げつけたリモコンがブラウン管を割《わ》ったからだ。

「アホが！　何がクーデターだ。小娘が1人東京に来たところで日本がひっくり返るとでも思っているのか！」

「なら、安心して構えていればよろしいものを」官房長官はなだめた。

「動揺《どうよう》などしておらんわ！　ただ気に入らんのだ」

黒瀬は立ち上がり、机の上にあるシガレットケースを開いた。

葉巻を取り出して一服する。とびきり濃度《のうど》の高いニコチンを肺に入れると、気持ちが落ち着いてくる。

「そうだ」

口元に陰湿《いんしつ》な笑みを浮かべて、黒瀬は目を輝《かがや》かせた。

「官房長官。折原のえるを逮捕《たいほ》しろ」

「は、はぁ？」

「聞こえなかったのか、折原のえるを逮捕しろというのだ」

「無茶を言わないでください。罪状もないのに」

「作れ、なんでもいい。そうだな、内乱罪なんかどうだ？」

唄《うた》うように黒瀬は言った。

「さっきのテレビを見てただろう？ 立派なクーデターの示唆《しさ》。内乱予備罪だ」

「ちょっと待ってください、総理」

たまらず官房長官は駆《か》けよった。だが黒瀬は顔をしかめると背を向けた。

「小娘に協力する者も内乱幇助罪《ほうじょざい》で容赦《ようしゃ》なく逮捕すると発表しろ」

「そ、それは……」

ぶちり。

官房長官が言葉を濁《にご》すと、黒瀬は指にしていた葉巻を折った。

「いいか、聞け。ワシは悪ふざけの区別もつかぬことしかできないくせに、口だけは一人前で、そのくせ世の中をなめてるガキどもが気にくわんのだ。ワシはガキどもがキライなのだ。怠惰《たいだ》で、無責任で、己《おのれ》の欲得しか考えていない。社会を腐《くさ》らせることしかできない病原体だ。その集大成が折原のえるだ。わかるか！ 官房長官」

黒瀬は折れた葉巻をカーペットに捨てると、それを憎々《にくにく》しげに踏《ふ》みつけた。

「これは教育なのだよ」

♣

地球の裏側にあるワシントンは朝を迎《むか》えたところだった。

ロバート大統領は朝食《ブレックファアスト》をとりながら世界の情勢報告を受けていた。そこにはもちろん、日本政府がのえるを内乱罪で逮捕することを決めたという情報も含《ふく》まれていた。

執務室には、午前中に中東へ旅立つ国務長官（外務大臣）が訪《おとず》れていた。

国務長官はロバートが落ち着いていることを意外に思った。

言ってはなんだが、日本が欧州の人間《ドルマン》の手に落ちるというのは、米国にとって好ましくない展開だ。経済的にも、政治的にも、軍事的にも。

米国の国益のためには、是《ぜ》が非でもドルマンを阻止《そし》しなければならない。

「ずいぶんと余裕《よゆう》ですな。もう手は打たれたので？」

「いや」コーヒーを口に運びながら、ロバートはさらりと答えた。

「どうするのです？　このまま手をこまねいていては日本が……」

だが、ロバートの表情には、不安ひとつも浮かんではいない。

「彼女からの連絡《れんらく》がないのだ。放《ほう》っておいてくれということだろう」

「日本が他国の手に落ちれば太平洋はガラ空きですぞ！　西海岸まで軍艦《ぐんかん》を呼び寄せることになるのです。大統領は我が国の安全をたった1人の少女に委《ゆだ》ねるつもりですか！」

「そんなことにはならんよ」

大統領は微笑《びしょう》すると、テレビに目を移した。

コメントをする黒瀬が映っていた。

同情とも軽蔑《けいべつ》ともとれるまなざしを浮かべながら、ロバートはつぶやいた。

「黒瀬総理《ミスター・プライムミニスター》、折原のえる《ミス・プライムミニスター》は手強《てごわ》いぞ……」

♣

ファンファンファンファンファン……。

『折原のえる。すぐに自転車を止めなさい』

「なんなのよもう〜っ！」

手強い女は、追いかけ回されていた。

検問を正面突破《とっぱ》したのえるはパトカーを引き連れながら、住宅街から市の中心部に逃《に》げ込んだ。夕方の渋滞《じゅうたい》を狙《ねら》って逃げ切ろうと考えたのだ。

ところがこういう時に限って、道路は空《す》いていた。

「土曜日か！」

しまった、とのえるはほぞを噛《か》んだ。

夕闇《ゆうやみ》迫《せま》る橙色《だいだいいろ》の空の下、無謀《むぼう》な勢いでペダルを踏み込むのえると10台以上のパトカーが、人でにぎわう駅前通りを駆け抜《ぬ》けていく。のえるの悲壮《ひそう》な形相《ぎょうそう》。パトカーの非情な追走。逃げる少女を男どもが追いすがる。彼らが駆るのは鉄の馬、彼女が頼《たよ》るは己の足。白と黒の警察車輌《しゃりょう》が猛然《もうぜん》とのえるの尻《しり》にくらいつく姿は発情期のオスのよう。警察だから赤信号だろうとおかまいなし。警察だからスピード制限もあるわきゃない。相手は逃走《とうそう》中の犯罪者。轢《ひ》いたところで何のお咎《とが》めもないと来たもんだ。

「もーっ！　いいかげんにしてーっ！」

電話が鳴った。

通話モードなら耳につなげたイヤホンマイクに自動着信する。

『左手に銀行の赤い看板が見える交差点。20秒後に車が突っ込んでパトカー止めてあげるから、18秒ジャストでかけぬけて！』聞き覚えはないが女の声だ。

「むちゃ言わないでよ！」

目測する。300メートルは優にある。

『15、14、13……』

電話の彼女は、容赦《ようしゃ》なくカウントダウンを始めた。

「あんたたち、あたしをオモチャにして遊んでるでしょー!?」

668．匿名希望《とくめい》さん
ぴんぽーん

「うおりゃああああああああああああああああああああああ！」

のえるは命がけで自転車を漕《こ》いだ。２秒ずれたら轢かれるのは自分だ。

『９、８、７……』

グリップがゼロになるほど高速回転する車輪が悲鳴をあげる。加速する。

小石のひとつでも拾えば転倒《てんとう》間違《ちが》いなしのスピードで。

目印の赤い看板がぐんぐん大きく見えてくる。

『４、３……』

のえるはゴールを確信した。

「間に合った……！」

こういう時に限って、何かが飛び出してくるものだ。

のえるの場合は、交番のお巡《まわ》りだった。

「あ……」

たった3センチ。のえるが切ったハンドルはそれだけだった。

グリップがほとんどなくなっていた自転車が宙に浮くには充分《じゅうぶん》な操作だった。

放り出されたのえるは左折車線から猛スピードで爆走《ばくそう》するトラックを確認《かくにん》した。

自分が駆《か》け抜けた2秒後にパトカーの前に立ちふさがってくれるはずだった車は、自分をあの世へ運んでくれる鋼鉄のハンマーへと変じた。

イヤホンから女の子の絶叫《ぜっきょう》が聞こえた。

運転席にいる若い兄ちゃんの決死の形相も見えた。

歩道にいたみんなの悲鳴。パトカーのブレーキ。ポケットから飛び出した若葉の携帯《けいたい》。

2秒後。

トラックに撥《は》ねられた自転車は、先頭のパトカーにぶつかり、パトカーはトラックの側面に激突《げきとつ》した。見事なサンドイッチだった。いろんなものが飛び散ったが、パトカーの爆発がすべてを吹《ふ》き飛ばした。

夕暮れの空に、もくもくと黒煙《こくえん》が上がっていた。

「…………死ぬとこだった」

逆さまになった天地を瞳《ひとみ》に映して、のえるは深々《ふかぶか》と息をついていた。

宙を舞《ま》って、尻餅《しりもち》をついて着地した彼女は、仰向《あおむ》け大の字になって呆然《ぼうぜん》とした顔で道路に転がっていた。誰《だれ》よりも自分自身が生きてることを信じられずにいる。そんな顔で。

「計画は失敗すれど、作戦は大成功ってところ？」

のえるはとっさにイヤホンに手をやった。電話と同じ声がしたからだ。

キュッとブレーキの音がして、そばに赤い自転車が止まる。

乗っているのはソバージュの長い髪《かみ》をした子だった。凛《りん》とした顔つきの女の子だ。

時間も惜《お》しいとばかりに、彼女はのえるに手をさしのべた。

「警官さんも生きてるみたいだし、こっちも逃げなくちゃ。乗って！」

♣

「相手は自転車だぞ！　なんで捕《つか》まらんのだ！」

官邸執務室《かんていしつむしつ》に新調された液晶《えきしょう》テレビが流したのは、よりにもよってパトカー炎上《えんじょう》のニュース映像だった。

「報告によると、最初の一回を除いて検問はすべて裏道で回避《かいひ》されているそうです」

「裏道だと？」黒瀬は官房《かんぼう》長官を睨《にら》み付けた。

「なにしろ相手は自転車ですから、検問の場所さえわかってしまえば、どのようにでも逃げられます」

「小娘《こむすめ》をバックアップする組織があるとでもいうのか！」

「おそらくは……」

「なるほど、それなら話は簡単だ。各都市にそれだけの人員を張り付けられる組織など数が絞《しぼ》られる。企業《きぎょう》なり暴力団といったところだろう。さっさと洗いだせ」

「それが、そういうものでもないようで……」

「馬鹿《ばか》なことを言うな。食べ物の差し入れとは訳が違うんだぞ。情報を集めて、指令を送る組織がなければ、そのような支援《しえん》は不可能だろうが！」

「報道や、現場の警察官からの情報をまとめてみると、彼女をバックアップしているのは民間人のようなのです。しかも学生かと……」

「学生《ガキ》、だと……？」

新調されたテレビは、直後に昇天《しょうてん》した。

690．匿名希望さん
我、そーりだいじん閣下の脱出《だつしゅつ》作戦に成功せり。
作戦中、閣下の搭乗機《とうじょうき》は大破《たいは》したものの、
我が『赤い彗星《すいせい》』号に乗って、無事、戦場からの脱出を成し遂《と》げたものなり。

691．匿名希望さん
ご苦労だった。

ちなみに貴下の赤い彗星号の速度は通常の何倍か？

692．匿名希望さん
3倍であります！


「こんなことになっていたんだ……」

健太はパソコンに表示された掲示板《けいじばん》を読んで、やっとコトの全容を理解した。

「で、若葉《アオイ》さんはどれなの？」

「だからこの掲示板の中じゃ、誰もが誰でもないんだってば」

「？？？」

さっぱり理解ができず首をかしげる健太を横目に、若葉はさくらに聞いた。

「それにしても先生、こんなハイスペックなパソコン持ってて、メールぐらいしか使ってないのはどうしてなんです？」

「そ、そんなこともわかっちゃうんですかっ!?」

みんなの分のお茶をいれてきたさくらは、驚《おどろ》いてお盆《ぼん》をひっくり返しそうになった。

「どうせいろいろやるつもりで高いマシン買って使いこなせなかったってクチでしょ」

「……うう、そうなんです」

さくら先生はしゅんと肩《かた》をすくめると、恥《は》ずかしそうに頰《ほお》を赤らめた。

東京に戻《もど》ってきた健太たちは、まっすぐに家に戻ることはせずに、駅前徒歩1分のマンションを基地にしてのえるの行動を追っていた。提案したのは忍だった。

「家に帰ると、なんかあった時に引き留められたりして面倒《めんどう》だから」という理由だった。

だからここにいることも親には内緒《ないしょ》だ。

途中《とちゅう》で別れた者もいるので、現在のメンバーは健太とほのかと忍と若葉の4人。

「せめて親御《おやご》さんには居場所ぐらい教えておいたほうがいいんじゃないでしょうか……」

後はさくらがいるだけだった。

真面目《まじめ》が服を着て歩いている彼女は、なかなかの堅物《かたぶつ》だ。

すると忍が進み出た。元生徒の彼女は真摯《しんし》な顔つきを作ると先生に話しかけた。

「そうですけど、あと3日だけ岡山にいることにしてくれませんか。お母さんたちに余計な心配をかけたくないんです」

「は、はい！」

ちょろいもんだった。

♣

日付は変わり、8月4日になっていた。

のえるは静岡《しずおか》県を進んでいた。

待ち合わせのバス停にいたのは、高校生の男の子だった。

「俺、伊勢淳三《いせじゅんぞう》ッス！」

やたらとテンションの高い挨拶《あいさつ》で『赤い彗星』に乗り込んだ彼は、時も惜《お》しいとばかりにペダルを漕《こ》ぎ始めた。

「のえるさんの協力ができるなんて感激っス！」

「呼び捨てでいいよ。年上なんだし」

荷台に座り直したのえるは笑顔《えがお》を浮《う》かべた。しかしすぐに眠《ねむ》たくなった。

疲労《ひろう》は着実に蓄積《ちくせき》されていた。ましてや今日はパトカーとチェイスをしたり、トラックに挽《ひ》き肉《にく》にされかけたのだ。身体《からだ》の疲《つか》れもそうだが、精神的にもダメージがひどい。

「俺、のえるさんが総理大臣になった時から応援してるんスよ」

「ごめん……、いま、あたし」

のえるのまぶたは半分落ちかかっていた。

「あ、いいですよ寝《ね》てて。俺が勝手に話したいだけっスから」

彼はそう言うと、嬉《うれ》しそうな顔でぽつぽつと話しはじめた。

「日本が破産したってテレビで会見が流れた時、俺、のえるさんのこと考えたんスよね。のえるさんだったらどうするだろう？　とんでもないアイデアでなんとかしてくれるんじゃないかって」

「そんな風に考えて……考えて……落ち込んだんス」

「俺は何もしてないんスよね。のえるさんに助けて欲しいって思うだけで、自分はなにもしない。これじゃダメだなあって思うんスけど、やっぱりただの高校生だから実際できることなんてないし」

「今回がとんでもない事件だからじゃなくて、普段《ふだん》もそうなんス。道ばたで困ってる人を見かけると、なんとかしてあげたいなって思うんスけど助けるのが恥ずかしかったり、学校で許せないなって思うことがあっても、上級生に逆らうと後が怖《こわ》いとか、先生の言う通りにしないと内申書があるからとか、いろいろ理由をつけて、何もしないで……」

「のえるさんは俺とは正反対スよね。戦争を止めるために飛行機で乗り込んだり」

「だからネットでのえるさんが困ってるって知ったとき、正直、やったと思ったんスよ」

「俺でものえるさんの手助けができるって！　俺の想像もつかないすんごいことに、俺もタッチできるのかって思うと、なんか勇気を分けてもらえるような気がして」

「だから、到着《とうちゃく》するのが楽しみで楽しみでしょうがなかったんス。一晩、自転車を漕いだぐらいじゃ、全然威張《いば》れることじゃないけど、それでも俺には充分《じゅうぶん》なんス」

「のえるさんを見てると、俺もやればできるのかなって気がして、言い訳ばっかりしてちゃダメだなって思えて、だから……」

熱っぽく語る彼の背中で、のえるはすうすうと寝息を立てている。

自転車はひたすら東へと東へと進んでゆく。

730．匿名希望《とくめい》さん

神奈川《かながわ》県との県境でたくさんのパトカーが止まってる。でもそれはフェイク。

県道で警察が網《あみ》を張ってるよ。いったん北進したほうがよいと思われ。

731．匿名希望さん
のえるの今の居場所からのルートだと。

市内をまっすぐ抜《ぬ》けて、市役所前の交差点を左折、だな。

732．匿名希望さん
了解《りょうかい》しました、メール送っておきます。

733．匿名希望さん
ん？　やけに丁寧《ていねい》だな？


「折原さん、東京まであと少しです。がんばってください」

キーボードをタイプする時、ほのかはついつい文章を音読してしまう。

若葉が眠《ねむ》っている時間はみんなが交代で、のえるへの連絡《れんらく》係をすることになっていた。

「これでよし、と」

のえるにメールを送ったほのかは一息入れようと席を立とうとした、その時。

734．匿名希望さん
のえる捕《つか》まった。ここ、バレてる！


「そうか、ご苦労」

官房《かんぼう》長官がのえる逮捕《たいほ》の知らせを告げると、黒瀬は満足げにつぶやいた。

報告をしたのは朝、閣議前に行うブリーフィングの時であった。

「ネット掲示板《けいじばん》か。ガキどもには過ぎたオモチャだったな」

そう言うと、たるんだ顎《あご》をさすりながら、思いつきを口にする。

「よし、参加者は逮捕だ」

これには官房長官が驚《おどろ》いた。

「相手はほとんどがまだ子供ですぞ！」

「犯罪に大人も子供もないわ。掲示板の管理者が文句を言えばそいつも逮捕しろ。そうだな、この際インターネットとやらも規制するか。日本版のエシュロンでも作って、ネット上を流れるすべての情報を検閲《けんえつ》するのだ。ははは、いい考えだろう？」

「それは……かなりの反発が予想されると思いますが」

鈍《にぶ》い返事をする官房長官に、黒瀬は楽しそうに告げた。

「なあに、ドルマンからの指令ということにしておけば国民も納得《なっとく》するわ、フフフ」

「…………」

楽しそうに言う黒瀬を見て、官房長官はため息をついた。

(なにがドルマンからの指令だ)

(あなたには一国の代表という誇《ほこ》りすらないのか……)

官房長官はため息をついた。彼のためについたため息はこれで何度目だろうか。覚えていられるはずがない。それはきっと彼の総理在籍《ざいせき》日数よりも多いはずだから。

(こんな時……)

雪のような白髪《はくはつ》で覆《おお》われた頭の中で、1人の少女を思い浮《う》かべだ。

直接言葉を交わしたのはどれぐらい前だろうか、数ヶ月、七十余年の人生からすれば瞬《まばた》きほどの時間でしかないのに、ひどく懐《なつ》かしいものに思える。

彼女の官房長官を務《つと》めていたときはため息などつかなかった。怒《おこ》ってばかりいたような気もするがなぜか不愉快《ふゆかい》な記憶《きおく》ではなかった。彼女とは意見が衝突《しょうとつ》してばかりいたが、彼女の口にする言葉には不思議な真理があった。そのほとんどは現実離《ばな》れしたものだったり、愚《おろ》かしい発想だったりするのだが、いま思うと、自分と彼女のどちらが間違《まちが》っていたのかわからなくなる。

(こんな男に従っている、私も同罪だ)

いまならわかる。彼女が果敢《かかん》に立ち向かったのは、気取ったりごまかしたりすることを潔《いさぎよ》しとしない素直《すなお》さであり、誠実さの現れだったのだろう。

それに比べて……。

「フフフ、ワシの気分で懲役《ちょうえき》が決まると言えば折原のえるは自分から頭を下げるかの？」

官房長官はまた1つ、ため息をついた。

♣

忍が聞いた。

「若葉《アオイ》は、警察にハッキングとかできないの？」

「無茶言わないでよ。私はハッカーでもクラッカーでもないんだから」

「ともかく、助けに行かなくちゃ」健太は言った。

「でも、どうやって？」と、ほのか。

「……お、お父さん呼びましょうか？」

さくらが言った。

4人とも答えた。

「いや、それは……」

その時だ。部屋の電話が鳴った。

受話器を取ったさくらは二、三受け答えをすると、すぐに健太に回した。

「え、僕？」

電話を代わった健太は、聞こえてくる声に驚いた。

「メフィっ!?」

『今すぐ俺をのえるのところへ連れていけ!』

「どうしてここが」

『お前は馬鹿《ばか》か。俺をなんだと思ってる』

「……あ」

メフィストは魔法《まほう》が使えるのだから、そんなことは朝飯前だった。

「だ、だけどまだ、力がたまりきるまでにはあと2日あるよ」

『馬鹿か! 脱獄《だつごく》させるために魔力を使えば、アイツを総理大臣にせず済むだろう!!』

「え、えっ!?」

混乱する健太に、メフィは怒鳴《どな》り声をあげた。

『お前はのえるの命を縮めたいのか、そのままにしたいのかどっちなんだ!』

♣

食事を与《あた》えないというのは、人類がウホウホ言ってた時から続くレベルの低いイヤガラセであるが、確実にダメージを与える意地悪であった。

ぐるぐると鳴るお腹《なか》をさすって、のえるは留置所の冷たい床《ゆか》にごろりと転がった。

「うう。ひもじいよう……」

お腹が減りすぎて眠《ねむ》たいはずなのに眠れない。だから力も出ない。

せめて取り調べでもあれば、と思う。

（そしたらカツ丼《どん》食べられるのに……）

彼女はテレビの見過ぎだった。

もちろん、彼女は刑事ドラマごっこがしたくて取り調べを受けたかったわけではない。

（この鉄格子《てつごうし》から出られたら、どうにでもなるのに）

相手が人間なら、たとえ大人でも、勝つ自信はある。

ここから出ないことには東京にはたどりつけない。せっかく箱根まで着いたのに。

もっともそれが敵の狙《ねら》いなのだろう。このまま5日の夜まで地下室に転がしておけばタイムアウト、ゲームオーバー、ＹＯＵ　ＬＯＳＥ！

「こらーっ！　せめてメシぐらい出しなさいよーっ！」

鉄格子を叩《たた》きながら叫《さけ》ぶ。叫ぶだけ腹は減るが、せめて看守と話でもして情報を手に入れようと思ったのだ。ところが、
反応がない。

出入り口のところに常時１人張り付いているはずの看守がいつのまにか消えていた。交代の時間なのだろうか。違《ちが》う。それなら代わりの人が来るはずだ。たとえ留置されているのが自分１人とはいえ、出入り口を開けたままで警官がいなくなるということはありえな

かった。

「ん？」

すると、そこからひょっこりと健太が現れたではないか。

「健ちゃん！」

「しーっ！」健太が自分の口に一本指を立てる。

「健ちゃん、どうしてここに!?」

「だから、静かにしててってば～っ！」

小声で叫ぶ。困った顔をする健太が懐《なつ》かしくて、のえるは思わず笑ってしまった。

「ひどいよ……」彼はしょげた。それも久しぶりだ。

「のえる、大丈夫《だいじょうぶ》？」

「お腹減った……」

「なに食べたいの？」

「テレビみたいに取調室でカツ丼食べてみたかった……」

「……まだまだ元気なんだね。心配して損した」

「そんなことないよう！　健ちゃんと離《はな》ればなれでさみしかったんだからあ！」

と、鉄格子越《ご》しに健太の首筋に腕《うで》をからめようとする。健太は後ろに飛びすさった。

「わっ、のえる！　やめてって!!」

「あ、大きな声」

ニヤニヤと指をさすのえるに、健太はからかわれていることを知った。

「………いじわる」

「健ちゃんの顔見てたら、なんだか元気になってきちゃった」

うふふ、とのえるは唇《くちびる》に指をやった。

「はやく出ましょ」と、ほのかも現れた。

驚《おどろ》いたことに、ほのかは牢《ろう》の鍵《かぎ》を持っていた。

「どういうこと？？？」

「よくわからないけど、変なメールが来て」

健太は自分の携帯《けいたい》を見せた。文面はこうだった。

『23時になったら箱根署の裏口から入って来い。手はずは整えてあるから、のえるを連れていけ。自転車は自転車置き場』

「差し出し人は不明なんだ」

健太は首をかしげた。

「変なんだよ。裏口から入って言われた通りに進む間、誰《だれ》もいないんだ。鍵もドアノブにかけてあってさ」

「ははあん、そういうことね」

のえるは納得《なっとく》した。

「えっ、どういうこと？」

「立場上、総理大臣の言うことを聞かないといけない人たちが、あたしを手助けするにはいろいろ小細工が必要なのよ。知らない間に脱走《だっそう》されたとか」

そう言って、健太の携帯をちょこんと指さした。

「健ちゃんの携帯のメ《メ》ール《ー》ア《ア》ド《ド》レス知ってたんでしょ？　あたしが捕《つか》まってる場所を知っていて、警察署長に命令できるおじさんっていったら見当つくじゃない」

「だ、誰？」

きょとんとする健太に、のえるはそっと耳打ちした。

健太は驚きのあまり目を丸くした。

「ま、まっさかー!?　だって、いつものえるのことガミガミ怒《おこ》ってた人が」

「気まぐれでも起こしたんじゃない？」

軽く笑うと、のえるは健太の背中を叩《たた》いた。

健太はすっきりしたようなしないような中途半端《ちゅうとはんぱ》な思いにかられた。

「……大人って面倒《めんどう》くさいな」

〝まったくだ〟

健太の足下《あしもと》でメフィがふてくされた。ほのかには聞こえない声で喋《しゃべ》っている。

〝焦《あせ》って電話をかけた、俺が馬鹿《ばか》みたいだ〟

「まあまあ、メフィも愛してるよう」

と、のえるがすがりつく。

〝ええい、離れろ！〟

しかしのえるはメフィを抱《かか》えて離さなかった。そしてそっと耳元にささやくのだ。

「はじめ、メフィが魔法《まほう》を使ってくれたのかと思っちゃった。違ってびっくりしたけど、そのつもりで来てくれたんだね」

〝それがどうした〟

「ありがとね」

のえるにニコニコと迫《せま》られると、なぜだかメフィは口調が冷たくなっていく。

〝俺は何もしてない。だから礼を言われる筋合いもない〟

「さっさと願い事言って寿命貰《じゅみょうもら》わないと仕事になんないのにね。あたしを助けたら、また魔力ためなおしになるのに、それでも来てくれたんでしょ」

〝…………〟

何も言わず、バツの悪そうに視線を泳がせるメフィに、のえるは感謝をこめて言った。

「ありがと」

するとメフィはツンとそっぽを向いた。そして不機嫌《ふきげん》そうな声で言うのだ。

〝……そう思ってるなら余計な心配かけるな〟

「折原さん、時間ないよ」ほのかはそわそわと焦《あせ》っている。

「あ、そか」

「外で待ってる人がいるの」

「え」

駐車場には、若葉が待っていた。

「若葉！」

みるみる笑顔《えがお》になるのえるを見て、若葉は気まずそうに口を尖《とが》らせた。

「なによ。あたしの顔がそんなに変？」また憎《にく》まれ口を叩《たた》く。

「ううん、来てくれて嬉《うれ》しいだけだよ」

「あ、あたしはただ、あなたが潰《つぶ》れるのがあたしのせいにされるのが迷惑《めいわく》なだけよ」

「じゃあ、それでもいい」

優《やさ》しい声音《こわね》でのえるは言う。若葉は顔をそむけているのだが、横目に見えるのえるの嬉しそうな表情が心にむずがゆかった。

言おうと決めていた言葉があるのに、いざ彼女と対面すると決心が揺《ゆ》らいでしまう。

ぺちっ、と自分の頰《ほお》を叩く。

「…………」

それでもふんぎりがつかず、ぺちぺちとさらに叩いて、のえるに向き直る。

「もうわかったわよ。私の負け。自転車はいい。さくら先生のレンタカーに乗って東京に行きましょう」

のえるは口をつぐんだ。若葉は言葉を足した。

「同情で言ってるんじゃないわ。私だってあなたが黒瀬を倒《たお》すところ見たいんだから」

「じゃあ、なおさら車には乗れないな」

「どうして⁉」若葉は声を荒《あら》げた。

「約束を守ることってとても大事なんだって、改めて思ったから」

のえるは若葉の左肩《ひだりかた》に手を置いた。そしてもう片方を、若葉の右手にそえる。彼女の震《ふる》えている手を、包み込むように握《にぎ》りしめる。

「ここに来るまでにたくさんの人と約束したんだ。自転車で行くって。だから、みんなとの約束も守らなくちゃ」

ごめんね、と言って、のえるは若葉の肩を叩いた。

「ホントにメールの通りだね。自転車置き場に置いてあるよ、赤い彗星《すいせい》」

わざと驚いて、彼女から離《はな》れる。

とてとてと自転車のもとへ向かい、乗ろうとする。

そして、ハンドルを握ろうとして——、別人の手に塞《ふさ》がれた。

「まったく。あなたって人は最後の最後までわたしに逆らうのね」

若葉はのえるの許可も取らずにサドルにまたがった。

「今夜は私が漕《こ》いであげるわよ」

のえるは何も言わなかった。黙《だま》って後部荷台に座って、若葉の肩に手を置いた。

なのに若葉は——、のえるが黙っていたにもかかわらず、勝手に恥《は》ずかしくなって、顔を赤らめた。

「誤解しないでよ。あたしは余計な貸しを作りたくないだけなんだから」

黒瀬誠一郎はそのころ、烈火《れっか》のような怒《いか》りを爆発《ばくはつ》していた。

「ファイルが盗《ぬす》まれただと！」

カッとなったあまり、黒瀬は報告に来た次官を殴《なぐ》り飛ばした。

そこはホテルの一室だった。都内でも最高級に格付けされている高層ホテルの最上階にあるVIPルームだった。

ソファに腰《こし》掛《か》けていたドルマンが、感心しない様子で言った。

「構わぬではないか。どちらにしろ5日には分かることだ」

「機密漏洩《ろうえい》を見のがすことはできん！」

「次官が漏洩したわけではあるまい。どんなにセキュリティを課したところで、扱《あつか》うのは人間だ。そういうところから反逆者は生まれるのだぞ」

「小娘《こむすめ》が片づいたと思った矢先に……」

「総理！　警察庁長官から連絡《れんらく》です」

そばに控《ひか》えていた秘書官が、携帯《けいたい》電話を差し出した。

「黒瀬だが」

受け取った黒瀬の顔は、みるみるうちに赤黒く充血《じゅうけつ》していった。

「脱走《だっそう》!?」

のえるのことだ。怒りのあまり、携帯を握《にぎ》り潰しそうになる。

「どうするかだと？　追え！　再逮捕《たいほ》に決まってるだろう！」

口走った途端《とたん》、黒瀬の脳内でパズルピースのように断片化《だんぺんか》していたシナプスがぱちぱちと音を立てて結合しはじめた。

(日本の売却国《ばいきゃくこく》リストの漏洩《ろうえい》……小娘の脱走……待てよ)

実のところ、心の底から子供を馬鹿《ばか》にしていた黒瀬は、ネット掲示板《けいじばん》がのえるをバックアップしていたという説明を信じていなかった。もっと巨大《きょだい》で、ちゃんとした大人の組織がついていると疑っていたのだ。

(国民にはまだ発表していない)

ドルマンへ日本を引き渡《わた》した後、それぞれの地方は分割されて、希望国に売却されることを。九州沖縄《おきなわ》は中国へ、北海道はロシア。

軍事基地の設置込みの高額オプションも密約済みであった。

占領《せんりょう》体験はあっても国土分割体験のない日本。ましてや軍事基地に激しいアレルギーを持つ国民がこのことを知れば、忍耐《にんたい》も限界を超《こ》える危険性が高かった。

だからそのことは調印式まで伏《ふ》せておく必要があった。

騙《だま》し討《う》ちである。

もちろん嘘《うそ》による反発もあるだろうが、消費税にしろＰＫＯにしろ、どうにもならなくなった途端に諦《あきら》める国民性はちゃんと計算済みだ。

（だからこそ、調印式より前にマスコミにかぎつけられるわけにはいかない）

（なるほど——、そういうことか！）

黒瀬の脳の中で、ファイルを盗《ぬす》んだ連中と折原のえるが手を組んだ。

（ワシを阻止《そし》したい連中にとって、小娘は格好《かっこう》のスポークスマンというわけか！）

結論にたどりつくと、黒瀬は不敵な笑《え》みを浮《う》かべて長官に告げた。

「小娘のことはもう放《ほう》っておけ。もういい」

そう言って電話を切り、自分の携帯を取り出して、あるナンバーを押した。

「汚名《おめい》返上の機会をやる。今から箱根に行け」

それだけで相手には通じたようだった。

黒瀬はさらに一言付け加えた。

「相手は脱走犯だ。轢《ひ》き殺しても罪にはならん」

♣

「馬っ鹿じゃないの!?」

若葉はさっきから同じ文句を繰《く》り返していた。

「こんなこと岡山から続けてたの？　よく神奈川まで来れたわね。信じらんない。東京についた途端ブッ倒《たお》れて、黒瀬を倒《たお》すどころじゃないんじゃないの？　無意味よ。馬鹿だわ。ほんと馬鹿みたい」ぜいぜいと息をつきながら、ぷりぷりと嫌味《いやみ》を言う。

「代わろっか？」

「嫌よ！」ムキになる。

あれから10キロも走ってないのに、若葉はヘトヘトだった。

なにしろ箱根の山は天下の険《けん》。道こそあれど果てしのない坂の連続だ。昭和30年代まではバイクですら登坂しきれなかったほどのルート。文系少女の若葉が人を乗せて挑《いど》むには無謀《むぼう》すぎるロードだった。

車一台通らないさみしい道を、ギコギコとのんびり音を立てて自転車が進む。

「ほんと……、あなたとからむと……、ロクなことが……ないわ」

「喋《しゃべ》るとその分、体力を消耗《しょうもう》すると思う……」

「悪口でも言わないと走ってられないのよ！」

叫《さけ》ぶと若葉は腰を浮かし、中腰《ちゅうごし》でペダルを漕《こ》ぎ始めた。

「いいよ、ホントに。私が漕ぐよ」

「それじゃ、私が足を引っ張りに来たみたいじゃない!!」

だから意地でも、自分がのえるを連れて行かなければならない。若葉はそう思った。

「いいから寝《ね》てなさいよ、あなた。私が漕いでる意味ないでしょ」

「あたしは若葉と話をしてたいな」

ぴしゃりと言う。走り出した時には頭上高く見えた坂道のてっぺんがもう目の前に迫《せま》っていた。ここを越《こ》えれば後は下り坂だ。若葉の顔に勝利の笑みが浮かんだ。

「いいから！　あんたは！　明日に！　備えて！　寝てなさい！」

やった！　私は登り切った！

そんな歓喜《かんき》を抱《いだ》きながら、最後の一漕ぎをした若葉が見たものは——。

ほんのわずかな下りと、そのあとに続く新たな山々だった。

ふっ、と気力のヒューズが飛び、若葉は倒れた。

「私はしたくない」

しょうがなく。

不本意ながら、若葉はのえるの背中に摑《つか》まった。

「…………………………」

「飛ばすから、しっかり握《にぎ》っててね！」

乗り手が代わった途端《とたん》、自転車は飛ぶように走り始めた。勢いが違《ちが》った。速度が違った。登り坂を加速しながら進む自転車を若葉は見たことがなかった。90度以上もあるカーブを減速もせずに曲がる自転車に乗ったこともなかった。自分ならそんな乗り方はしない。そんな危険なことはしない。生き方においてもそうだ。すぐにブレーキ。それが自分だった。

まるで逆。折原のえるの生き方とはまるで逆。

若葉はため息をついた。

「……まったく。いつもこんな調子なの？　危ないとか考えたことないの？　無茶してあとで後悔《こうかい》したことないの？」

「あるよ。しまったって思うことなんてしょっちゅうよ」

「だったらちょっとは行動改めたらどうなの」

「無理だよ」

はっきりとのえるは言った。

「あたし、後悔するの嫌《いや》なんだ。ああしておけばよかったとか、こうしておけばとか。あとで思いたくないの。だから、ついついやっちゃうんだ」

「……それで自分が取り返しのつかないことになったらどうするの？」

そうなのよね、とのえるはうなずいた。

「それでいつもしまったって思うのよ。今回もさ」

「分かってるんだったら、ちょっとは学びなさいよ！」

「今回も迷惑《めいわく》かけちゃったね。健ちゃんとかほのかちゃんとか忍にも。そして若葉にも」

「わ、私は――」

「結局あたしって、みんなに助けられてばっかりなんだよね」

「そんなこと……」

そんなことない、と言いかけて若葉は口ごもった。

(なんで、のえるを励《はげ》まそうとしてるんだろ、私……)

自分で自分がわからなくなる。

「………」

気持ちが落ち込みそうになって、若葉は首を振《ふ》った。

やみくもに振った視界の端《はし》に空が映った。星空だった。あまりの星の数に心を奪《うば》われて、まっすぐに夜空を見上げた。

輝《かがや》く宇宙《そら》が見えた。

道の脇《わき》に設置された街灯ですらまばらな山道。緑なす山々を縫《ぬ》うように走る自転車の荷台から、若葉は星の海を見つめた。東京では決して見ることのできない夜空に、光景のあまりの美しさに声も出なかった。

シャーッ、と下り坂に入った銀輪が気持ちのいい音を奏《かな》でる。森からは虫たちの囁《ささや》くような声。加速する自転車に合わせて流れてゆく景色の中、満天に星を散らした空だけは微《び》動《どう》だにしない。自分が生まれる——遥《はる》か昔からそのままで、未来になっても変わることがない。そんな天空を見て、若葉はたまらない思いにかられた。

(どうして宇宙はこんなに広大なんだろう……)

星々はあまりにもちっぽけだ。地球など星空の光点にすらなれない。神がいたとしても忘れそうになるほど些《さ》細《さい》な星くずだ。ましてやその上を這《は》うように生きている人間など。

その1人の自分など。

たまらなく孤独《こどく》に思えた。

足下《あしもと》の蟻《あり》を踏《ふ》みつぶしたところで誰《だれ》も気付きもしないように、人なんて蟻みたいな存在なのだ。その1人である自分が、自分の家族が、運命から理不尽《りふじん》に拒絶《きょぜつ》されたところで宇宙は知りもしない。神は気付きもしない。いつか報《むく》われると願うこと自体が思い上がりだ。自意識過剰《かじょう》なのだ。みんながそうなのに、私など。

なのに——、

（私には、のえるがいる）

こんな私のために、ここまで身体《からだ》を張ってくれる人がいてくれる。

両手が抱《だ》き留めている背中から伝わる暖かみが例えようもなく愛《いと》おしかった。誰かとつながっていられることがとても幸せに思えた。

「……なんで、助けてくれたの？」

「助けてって聞こえたの」

優《やさ》しい声音《こわね》で、のえるが言った。

「電車で逢《あ》った時も、町中でも、学校でも、言ってる気がしたの」

「………………」

「言ってなかったかも……。ごめん」

若葉は小さく首を振って答えた。

「ううん。言ってた」

心の中に優しい気持ちがあふれた。

(今なら、素直《すなお》に話せる気がする……)

そう思えて、若葉はのえるの背中にこつんと額をあてた。

「あのね、あたし……」

言いかけて、その言葉は途切《とぎ》れた。

後ろからやってきた車が、彼女たちの自転車を撥《は》ねたからだ。

♣

運がいいという表現が許されるのなら、彼女たちは実に運がよかった。

前方から衝突《しょうとつ》していればそこで死んでいた。のえるの脚力《きゃくりょく》にプラスして下り坂で加速していたので衝撃《しょうげき》は致命的《ちめいてき》にならなかった。むしろ多段式ロケットのように2人の身体は自転車から放り出された。直線道路なら落ちたところを車が轢《ひ》きなおすだけに終わったろうが、すぐ先はカーブだった。彼女たちはガードレールを飛び越《こ》えて崖下《がけした》に消えた。崖下といってもそんなに深くはなく、しかもそこは緑繁《しげ》る雑木林《ぞうきばやし》だった。

何からなにまで幸運に恵《めぐ》まれていた。

ただ1つ。

若葉が落下した地点に、岩があったことを除《のぞ》いては。

「痛《い》てて……、こういうの運がいいっていうのかなぁ？」

空中で回転してダイブしたのえるは尻《しり》もちこそついたが、骨折もたいした傷もなく着地することができた。もちろん木々の枝葉がクッションになってくれたおかげだが。

二、三歩よろめいただけでしっかりと立ち上がると、若葉のもとへ駆《か》けよった。彼女は仰《あお》向《む》けで倒《たお》れていたが、意識があり目も開いていた。

助け起こそうと後頭部に手を回す。その時、手がぬるりと滑《すべ》った。

（え……）

凍《こお》り付きそうな恐怖《きょうふ》を覚えながら、のえるは手を引き抜《ぬ》いた。

赤く——果てしなく満ちた月明かりで、はっきりとわかる赤い血で手が染まっていた。

「わ……若葉？」

うわずった声がかすれるように漏《も》れた。若葉は意識こそあるものの、身体を動かすことができずにいる。顔だけを向けて、ゆっくりとのえるに訊《たず》ねた。

「血……出てるの？」

「う、ううん」首を振って否定する。

「ははは、ついてないね……」

なおも首を振ろうとして、のえるはあきらめた。動揺《どうよう》のあまり、自分の顔がこれ以上ないほどこわばっているのに気付いたからだ。

若葉の頭蓋骨《ずがいこつ》は確実に割れている。それほどの出血量だった。

「手遅《ておく》れなの……？」

「大丈夫《だいじょうぶ》だから！」

叫《さけ》んで携帯《けいたい》を開く。119とプッシュする。つながるのを待つ。つながらない。

圏外《けんがい》、と表示されていた。

「こんな時に……ッ！」

のえるは苛立《いらだ》ちをぶつけるように携帯を投げ捨てた。

2人は知るよしもない。一帯は一晩中不通になっていることを。すべての電話会社に総理大臣からの密命が届いていることを。

彼女たちを撥ねた車のヘッドライトは山間の彼方《かなた》に消えようとしていた。2人は自分たちを殺そうとした者の正体を知らない。運転席に乗っていた男はホテルでのえるが殴《なぐ》り飛ばしたヤクザだということも、彼が裏で黒瀬とつながっていることも知らない。

知るよしもない。

「なんで——、なんで——、若葉ぁ！」

ちぎれるような声で叫んだ。

怪我が怪我だ。背負って走るわけにもいかない。服を破《やぶ》って包帯の代わりにすることぐらいしかできない。のえるは悔《くや》しくて泣きそうな顔をした。

若葉は笑ってみせた。

「どうして轢かれたのは同じなのに、私だけ……、こんなことになるのかな」

ハハハ、と笑った。

おどけようとして、こらえきれず、涙《なみだ》がこぼれた。

「どうして、私だけ――」

笑おうとして、くしゃくしゃな顔になる。

「…………ッ！」

のえるは若葉を抱《だ》きしめた。

血で汚《よご》れることにもかまわず、両腕《りょううで》で抱きしめた。

「お父さんは……官僚《かんりょう》だったの。賄賂《わいろ》を貰《もら》って、それがバレると、自殺した」

息をするのも苦しそうに、若葉はつぶやいた。

「だめ、喋《しゃべ》らないで！」

「聞いて欲しいの」

若葉の白い手が、月明かりで光るように白い手が、のえるの頬《ほお》に触《ふ》れた。

その手が恐《おそ》ろしいほど冷たくて、のえるは必死に握《にぎ》りしめた。

「……私は犯罪者の娘《むすめ》になった。お母さんは慰《なぐさ》めてくれたけれど、本当のことだからと言った。だから私もお父さんは悪い人だと思いながら育った……。憎《にく》みながら育った」

「でも、ある日。悪気なしにのぞいた通帳に、知らない人から毎月振《ふ》り込まれているお金があった」

「それは黒瀬の指図《さしず》を受けたヤツが送った金だった」

「賄賂を受け取っていたのは大臣だった黒瀬だった。お父さんはそれを知っていたせいで殺された。書いてもない遺書を残されて」

「お父さんが殺されたことは一生黙《だま》っていろという命令だった」

「私を育てるには、お金が必要だった……」

それから――と言って、若葉は声を詰《つ》まらせた。

思い出したくない記憶《きおく》なのか、何度も何度もそれから――、と言いかけては淀《よど》む。

「それから私は――母を軽蔑した。お父さんを売った母を心の底から軽蔑した。だってそうでしょう？　お父さんの無実をお金と引き替《か》えにした人を許せるはずないもの。私、ずっとお父さんのこと悪い人だと思ってた。お父さんはもう何も言えないのに」

でも……、と若葉は歯を食いしばった。

「一番、つらいのはお母さんだ……」

「私は黒瀬の金で育った……」

「お母さんだって……私がいなければ我慢《がまん》せずに済んだ。お父さんを殺した男からお金を貰《もら》って生きていくなんてこと……せずに済んだ」

若葉は唇《くちびる》を噛《か》みしめて、皮膚《ひふ》が破れてしまいそうなほど噛みしめて、悔《く》いた。

「私が、生まれてこなければ……！」

こらえきれないのはのえるも同じだった。

若葉の気持ちを思うと胸が張り裂《さ》けそうになった。そんな言葉、言いたくないに決まっている。でも、そう考えなければ、母に対する申し訳なさをはらすことができないのだ。

「お母さんはそんなこと思ってないよ！」

「思ってるよ」

若葉の声はもう嗚咽《おえつ》と変わらなかった。

「思ってないよ！　絶対に思ってない!!」

何度だってのえるは首を振った。

「悔しい……！」

若葉は搾《しぼ》るような声を出した。

「なんでアイツは人を殺してもいいの？　お父さんを奪《うば》って、お金で人のプライドを奪って……。それで、なんでのうのうと生きていられるの？　お母さん！」

「メフィ！」

のえるは叫《さけ》んでいた。

「聞こえてるんでしょ！　魔法《まほう》でもなんでも使っていいから、ここに来て！」

すると、闇《やみ》を破るようにして一匹《ぴき》の黒猫《くろねこ》が現れた。

「若葉を治して、お願い」

のえるは黒猫にそう呼びかけた。

「出来ないとは言わないが……」なぜか、メフィはいい返事をしなかった。

「これが願い事ひとつ分というなら、それでもいいから！」

「いいのか？　傷口をふさいでやるぐらいのことはしてやる。そんなことで命を貰う気もない。だがのえる、調印式までに総理になることはできなくなるぞ」

「いいわ！　それでもいいから彼女を助けて！」

2人のやりとりを聞いて、若葉が訊《たず》ねた。

「……どういうこと？」

「ごめんね。あたし、ズルしてたんだ」

のえるはメフィの秘密を教えた。総理大臣になれたのは彼の魔法だということを。

知った若葉は即座《そくざ》に言った。

「やめて……！」

「いいから、メフィ」

若葉はいやいやをするように首を振った。

「そんなことしたら……総理に戻《もど》れなくなっちゃう。みんな、あなたが黒瀬を倒《たお》すのを待っているのに……。私の……せいで……そんなの……もう」

「早くやって！　若葉が死んじゃう!!」

「総理には戻れないぞ、それでもいいんだな!?」

メフィは念を押すように聞いた。

魂《たましい》を手に入れるという目的などどうでもよかった。のえるのことを考えて——、ただ彼女のことだけを考えて、その決断で本当に後悔《こうかい》はしないのかと訊ねたのだ。

のえるは激怒《げきど》した。

「若葉が死んだら、あんたとも絶交するんだから！」

柔《やわ》らかな光が若葉を包んだ。

「こんなことして……私……また……」

「大丈夫《だいじょうぶ》よ、あたしに任せて」

若葉の手をのえるは握《にぎ》りしめた。熱い手で強く強く握りしめた。

そして誓《ちか》った。

「こんなことで絶対に負けないんだから！」

第5話

撃破！日本消滅計画!!

8月5日午後11時。

レセプションは1秒の滞《とどこお》りもなく、横浜ランドマークタワー最上階で開催《かいさい》された。ドルマンの趣味《しゅみ》にあわせて豪奢《ごうしゃ》に準備された会場には閣僚《かくりょう》、政財界の要人のほか、スーツ姿のSPや、代表取材を許された報道陣によって埋《う》め尽《つ》くされた。

だが、会場のきらびやかさに反して、人々の表情は明るくない。

それはそうだ。今から始まるのは葬儀《そうぎ》なのだから。

日本という国が終わる、お葬式だから。

「印鑑《いんかん》をつくなら子供でもできること。黒瀬誠一郎はその程度の男だったようです」

レセプションからの中継《ちゅうけい》映像を見て、ニュースキャスターの小野寺はそう断じた。

手にしていたペーパーを放《ほう》り出して、冷ややかなため息をつく。そう言う彼も文句を言うだけの男なのだが、それがジャーナリストなのだと、彼は開き直っている。

画面は横浜港を背にライトアップされたタワーが映っていた。

地上には関東中の警察官を集めたのではないかと言えるほどの厳重な警備。

空には報道各社のヘリが旋回《せんかい》していた。

「あれだけ豪語《ごうご》した折原のえるは姿を消しました。まったくこの国のリーダーは揃《そろ》いも揃って無責任揃い。滅《ほろ》ぶべくして滅ぶと言うべきでしょうか」

だが、カメラは映しだしていたのだ。

空を旋回するヘリの1つ、日刊新聞のヘリから今にも飛びだそうとする折原のえるを。

♣

10分ほど前、ヘリに乗り込んで鈴原と相対した時、のえるの一声はこうだった。

「しっかしまあ、よくわかったね、あたしの居場所」

警察も巻いたのに、と感心する。

「報道をナメるな」

鈴原はたしなめるように言った。苦み走った顔つきは大人の老骨を感じさせた。

「これでもいちおー、隠密《おんみつ》行動してたつもりだったんだよ」

ヘリコプターの後部座席に陣取《じんど》った彼女は服に装着したハーネスの最後の点検をはじめた。自分とヘリをつなぐワイヤーロープ。その1つが外れただけでも、高度200メートルから真っ逆さまだ。口調こそおどけているが、表情は真剣《しんけん》だ。

「だけど驚《おどろ》いたわ。玄関《げんかん》開けたらよりにもよってアンタの顔なんだもん」

「隠密行動が玄関を開けるな」

鈴原は馬鹿《ばか》にした。

箱根で消息を絶ったのえるは、さくらのマンションに身を潜《ひそ》めることにした。

そこへ鈴原が訪《おとず》れたのだ。

かつてのえるが総理だった頃《ころ》、2人はライバルだった。

鈴原はのえるのやることを真っ向から否定し、新聞紙面で日々痛烈《つうれつ》な内閣批判を繰《く》り返した。のえるはのえるで反撃《はんげき》をし、その溝《みぞ》は深まりこそすれ埋まることはなかった。

「警察だってお前の居場所ぐらいつかんでいる。ただ情報を上に送らなかっただけだ。その意味ぐらい、お前だってわかるだろう」

「なるほど」

「これを使え」

鈴原は一冊のファイルを見せた。

そこには日本消滅後《しょうめつご》に各地方を分割し（証券化されたのはまさにこのためだったのだ）、それぞれを希望国に貸し出《レンタル》しまたは売却するためのリストだった。すでに数カ国からの申し込みがあり、軍事基地の敷設《ふせつ》も決定されていた。

「連中は国民の反発を恐《おそ》れてこの契約《けいやく》を隠《かく》している。それを暴《あば》けば調印式どころではなくなるだろう。ちょうどテレビもいる。世論を動かすにも絶好のステージだ」

「大丈夫《だいじょうぶ》よ、こんなもの使わなくても黒瀬は倒《たお》せるから」のえるは首を振《ふ》った。

「いいから使え。トドメにはならんがボディーブローにはなる。相手は黒瀬だけじゃない。大衆を味方につけるには、こういうハッタリが重要だ」

ヘリはタワー上空に到着《とうちゃく》した。時計を見る。レセプションは調印式を残すのみとなっていた。急がねば。のえるは乱暴に扉《とびら》を開いた。

びゅうううううううううううううう。

強烈な風が吹《ふ》き込んで全身をなぶった。あおられた髪《かみ》が暴れて彼女の頭を揺《ゆ》さぶる。

足下《あしもと》には絵に描《か》いたような横浜の美しい夜景が広がっていた。上空287メートル。

よし、と覚悟《かくご》を決めたのえるは、身を乗り出そうとした。

その前に最後にひとつだけ、気になっていたことを訊《たず》ねる。

「……どうしてヘリまで出してくれたの？」

鈴原は表情の冷徹《れいてつ》さを崩《くず》すことはなかった。

「勘違《かんちが》いするな。俺は内閣を潰《つぶ》すのが趣味なだけだ。お前が総理に戻《もど》れば、また敵だ」

「じゃ、貸し借りナシね」

笑って、空へ飛び出した。

♣

レセプションは調印式を残すのみとなっていた。

手順は簡単なものだ。

左に黒瀬、右にドルマン、ひな壇《だん》に座った2人は同じ内容の契約書を受け取る。

それに署名をし、捺印《なついん》をする。

交換《こうかん》して、相手の契約書に署名と捺印をする。

なんのことはない。日本を消滅させるために必要な手続きはそれだけだった。

ドルマンはこんな時にあっても表情を崩すことなく、淡々《たんたん》としたものだったが、黒瀬は12時までの残り時間が1分1分縮まるたびに、笑《え》みを深めていた。

爆弾騒《ばくだんさわ》ぎや暴動などの動きはすべて封《ふう》じた。調印式さえ済ましてしまえば、自分は恒久《こうきゅう》的に総理の椅子《いす》に座れる。日本が消えようと自分の権力がなくなるわけではない。支配できる人間さえいれば、奪《うば》える富があれば、何の問題もない。

（ワシにとっては、何の問題もないのだ！）

ドルマンの署名の入った契約書を手にした瞬間《しゅんかん》、黒瀬は勝利の歓喜《かんき》に包まれた。あとは自分の名前を入れるだけで、書き込むだけで。すべてを手に入れることができるのだ。

その瞬間。

「ちょっと待ったァ――――――――――――っ！」

聞き覚えのある怒鳴《どな》り声がした。

誰《だれ》もが、目を疑った。

壁《かべ》一面のガラスが木《こ》っ端《ぱ》微塵《みじん》に吹き飛んだ。

何かが飛びこんできたのだ。

キラキラとガラス片《へん》が砕《くだ》け散る様はさながら宝石の花火のようだった。

割れた窓ガラスの向こうから、バラバラバラバラと音がする。ヘリだ。

「なんだ？」「テロか！」「まて、人だ!!」「飛びこんだ!?」

現れたのは1人の少女だった。

彼女は自分とヘリをつないでいたワイヤーロープを放《ほう》り投げた。そしてフードを脱《ぬ》ぎ、髪《かみ》の毛をはらう。

やんちゃなポニーテールが飛び出した。

「防弾ガラスも大したことないわね」

その子の名は……、

「折原……のえる！」

黒瀬は魂《たましい》が抜《ぬ》かれたような声で言った。いや、うめいたというほうが正しいか。

会場にいる他《ほか》の大人たちも似たような反応だった。目を剝《む》く者、ぽかんと口を開ける者、絶句する者……。

平静さを保っていたのは、わずか2人だった。

官房《かんぼう》長官は柔《やわ》らかな面差《おもざ》しをにんまりと笑顔《えがお》にさせ。

ドルマンは不敵な笑みを、冷たいまなざしに浮《う》かべていた。

表情こそ違《ちが》え、2人はこうなることを予期していたかのように状況《じょうきょう》を楽しんでいた。

黒瀬の狼狽《ろうばい》さえも。

「ちょっと黒瀬ぇ〜っ」

のえるはからむような声で歩き出した。

踵《かかと》の厚いブーツで、ガラス片を踏《ふ》みしめながら一歩、一歩、彼に近づく。

彼女の怒りは深い。

「アンタ、ずいぶんと勝手してくれちゃったわね」

「お前こそ、何の用だ」

「あたしの日本を返してもらいに来たのよ」

「いつから、日本はお前のモノになったんだ!!」

するとのえるはニヤリとした顔で口元に手をあて、

「あら？　こんなこともあろうかと、こっそり新法を成立させといたのになぁ」

「えええっ!?」大臣たちがどよめいた。

「うふふふふ」のえるはポケット六法を取り出した。

「バ、バカな……」

黒瀬は平静を装《よそお》いながら、心の中ではすさまじく動揺《どうよう》していた。

（まずい！　万が一にもワシを自由にクビにできるという項目《こうもく》があれば、ワシらの計画が水泡《すいほう》に帰《き》してしまう！　くそっ、このバカ娘《むすめ》なら充分《じゅうぶん》やりかねなかったことだ……）

「ほら」

のえるはページを開いた六法を大臣たちに投げてよこした。

「よこせ！」

黒瀬が奪《うば》いとり、びっちりと文字で埋《う》め尽《つ》くされたページを目を皿のようにして読む。

ところが、変な法律はどこにもない。

「ん、なんだこれは？」

次のページには封筒《ふうとう》のようなものが挟《はさ》みこまれていた。

『遺書』とあった。中を見る。


ウソつきは死んでおわびします。

黒瀬誠一郎

黒瀬は激怒《げきど》した。

「ふ、ふ、ふざけるなッ！　冗談《じょうだん》でもやっていいことと……！」

「ふざけてんのはどっちだよ」

一瞬《いっしゅん》だった。

相手が反応する間もなく、のえるのビンタが黒瀬の頬《ほお》を張り倒《たお》していた。

「勝手に他人の遺書を書くなんて、冗談にもほどがあるわよね……ッ！」

「フン、なんのことだ。」

「……ッ！」

のえるは拳《こぶし》を握《にぎ》りしめた。怒《いか》りの衝動《しょうどう》が身体《からだ》の底からわき上がる。腕《うで》が震《ふる》え、手は白い。血が通わなくなるほどに握りしめていたからだ。

黒瀬に対する思いで爆発《ばくはつ》しそうだったからだ！

「こんなことならホントに法律作っておけばよかったわ。アホはいつでもブッ殺せるって法律をね……！」

ハン、と黒瀬は一笑《いっしょう》した。

愚弄《ぐろう》するような目でのえるを見下ろす。彼女はなんら実効的な方策を持っていないことを知って、安心したのだ。

「何をする気で来たかと思えばただの憂《う》さ晴《う》らしか。ハハハ！　ムカつくから暴れる。実に子供らしい行動だ。貴様はいまの腐《くさ》った子供そのものだよ、折原のえる」

「…………」

「ムカつく、ムカつく、ムカつく。お前ら子供はすぐそれだ。責任を取る気もないくせにしたいことを主張し、腹が立てば見境なしに暴力をふるう。手に汗《あせ》かきながら働く大人を馬鹿《ばか》にし、自分たちは就職もせずにパラサイト。自分さえよければいい。困っている人がいても見ぬふり。貴様らこそ日本をダメにしている不良債権《ふりょうさいけん》なのだ！」

「いつアンタが手に汗かいたのよ」

のえるは言った。

「アンタに言われれちゃ、真面目《まじめ》にコツコツ生きてる大人に失礼だよ」

「なんだと」

「満足に就職もできない世の中を作ったのは誰《だれ》よ。自分たちはバブルだのなんだので贅沢《ぜいたく》放題してきたあげくに何百兆もの返しきれない借金作って、子供につけまわしてるのはどこの誰よ。自分さえよければいいって考えてるのはどこの誰なのよ！」

会場のテレビカメラは今や、対峙《たいじ》する２人を中継《ちゅうけい》していた。

「あたしらが不良債権？　よくゆーわ」

のえるは、鈴原から貰《もら》ったコピーを黒瀬に叩《たた》きつけた。

「また下らぬイタズラか……ぬっ！」

コピーを見た途端《とたん》、黒瀬は絶句した。

「……どういうことよ、コレ」

「さ、さあな、私は知らん」

「しらばっくれるんじゃないよ！」

のえるは迷わず鉄拳《てっけん》を黒瀬に食《く》らわせた。

「アンタみたいな人間がねえ、この国の不良債権なんだよ!!」

黒瀬の手から落ちたコピーを拾い上げた今川財務大臣は、それを見て、

「なっ、なんじゃこりゃあああああ！」

コピーは次々に大臣たちに回された。

「総理！　北海道の売却先《ばいきやく》はロシア、沖縄は中国とはどういうことですか!?」

「騙《だま》されるな!!　すべて小娘《こむすめ》の世迷《よま》い言だ！」

「そこまで言うなら、コレを聞かせてもいいけど」

のえるは1枚のMDを見せた。

しん……、と会場が静まりかえった。

「よし、聞こう！」「聞けば白黒はっきりする」「総理！」

大臣たちが次々に声をあげる中、黒瀬はSPたちに命じた。

「つまみだせ！　この小娘をつまみだせ!!」

「つまみだして、どうするというのです？」

すっ、と官房《かんぼう》長官が黒瀬の前に進み出た。

「予定通り、式を進めるまでだ」

「疑惑《ぎわく》に答えることもなくですか？」

「子供の言うことなど、いちいち聞いておれるか！」

「子供でも立派な国民です」

「うるさい！　お前は誰の部下なんだ？　言え！」

黒瀬は官房長官につめよった。仮にも年上の人間に指を突《つ》きつけ、脅迫《きようはく》するような声を張り上げた。

「政治に携《たずさ》わる者は皆《みな》、国民のしもべであるべきだと私は思っています」

「だから、この調印式を無事に終わらせるのだ！　日本のためにな！」

「お言葉ですが総理、あなたには聞こえてこないのですか？　国民の声が」

「聞いたふうなことを！　お前とて小娘の悪ふざけには辟易《へきえき》しておっただろう！」

「そうですな。嫌《いや》になるほど手こずらされました」

官房長官はため息をついた。

けれど顔には笑《え》みが浮《う》かんでいた。それを懐《なつ》かしむような表情をしていた。

「そつのないあなたの仕事ぶりとは比べものにもなりません」

「ならば！」

しかし、と官房長官は言った。

「折原総理はただの一度も国民にウソを言ったことはありませんでしたよ」

「わ、ワシがウソを言っているというのか！」

「残念ですが、私にはあなたが言い逃《のが》れをしているようにしか見えませんが」

「……くッ！」

黒瀬は官房長官を突き飛ばすと、ふたたびＳＰたちに命じた。

「逮捕《たいほ》だ！　この小娘を逮捕しろ！」

だが、動く者はいなかった。

誰一人としていなかった。

「聞こえんのか！　逮捕しろと言っておる！」

無駄《むだ》ですよ、と官房長官は告げた。

「ここにはあなたに従う者は1人もいない」

いつしか、官房長官は黒瀬を総理と呼ぶことを止《や》めていた。

♣

まるで切り札を残したギャンブラーのように、ドルマンは不敵な笑みを浮かべながら、事の成りゆきを見つめていた。

その視線の先で、黒瀬が吠《ほ》えていた。

「官房長官ふぜいが！」

「たしかに私はあなたのように二世議員でもなければ、金も地盤《じばん》もない。初めて立候補した時は車を借りる金もなく、自転車をこいでやっと当選した貧乏《びんぼう》議員です。派閥《はばつ》を養うほどの金も作れず、この年になっても官房長官止まり。ですが総理、あなたの心は動かないのですか？　あなたの心は自分のためにしか動かないのですか？」

「ワシは総理だぞ！　公僕が総理大臣の言うことが聞けんとはどういうことだ!!　この税金泥棒《どろぼう》が!!」

「あなたは国が何で出来ているかもわからなくなっているようだ」

官房長官は暗い顔をして首を左右に振《ふ》った。情けないぐらいに悲しかったのだ。

自分が仕えていた総理大臣の正体に。

「人は心でしか動かない。どんな決まりを作ったところでもです。あなたがドルマンと組んで、どれほど強力な権力を握《にぎ》ったところで、何も出来ないことに気付きなさい」

「ほざけ、何を言ったところで遠吠えにしか聞こえんわ！　この国はもうドルマンと共にあるのだ！　もっともらしい戯《ざ》れ言《ごと》を並べたところで国債《こくさい》が1円でも償還《しょうかん》できるのか⁉　ワシが総理を辞《や》めれば問題は解決するのか⁉　できんだろう！　貴様らがしてるのはそういうことなのだ！　憂《う》さ晴らしの八つ当たりだ！　無責任主義者どもめ！　手を挙げてみろ！　この中の誰《だれ》が日本を救えるというのだ！」

「救えるわよ」

あっけらかんと、のえるが言った。

「なん……だと？」

黒瀬は鼻白んだ。

「簡単なことよ。さっき協定の条文を見たんだけど……」

「させるか！　ワシが総理でいるかぎり、どんな法律も通さんぞ！」

「じゃあ、アンタをクビにするだけね」

「やれるものならやってみろ！」

黒瀬はあざ笑った。

するとのえるは居並ぶ大臣たちに言い放った。

「アンタたち、いったん辞職しなさい」

「はぁ？」今川財務大臣らはきょとんとした。

　ニヤリ、とわかる者は頷《うなず》いた。

「なるほど」

「なるほどって官房《かんぼう》長官。いったいどういう意味なんですか!?」今川が聞いた
　その答えはのえるがした。

「日本国憲法第66条の3、内閣は、行政権の行使について、国会に対し連帯して責任を負う。大臣がいなくなって連帯すべき内閣がなくなった場合、法的にはどう解釈《かいしゃく》したらいいのかしら？　官房長官」

「内閣総辞職です」

「さらに緊急《きんきゅう》事態において総理がいない状況《じょうきょう》の場合、国務大臣が総理大臣の職務を臨時に代行しなければならない。その順序は？」

「副総理、財務大臣、外務大臣。その次に……」

「全員が存在しないときは？」

「前総理です」

「なっ……！」

　黒瀬は絶句した。

「なるほど！」今川がぽん、と手を打った。

「そうよ」

そう言って、のえるはビッと人差し指を黒瀬につきつけた。

「アンタからこの国、返してもらうわ」

「認めんぞ！」

黒瀬はあらんかぎりの声を張り上げた。

「それは総理の死亡を想定しての話ではないか。ワシは生きておる。たとえ内閣総辞職時にあっても、次の総理が決まるまではこのワシが職務を執行《しっこう》できるはずだ！」

「まだわからんことを言うのか！」

官房長官が怒鳴《どな》りつけた。

もはや敬語ではないことに一同は驚《おどろ》いた。

大人が子供を叱《しか》りつけるような口調で、黒瀬に怒鳴りつけたからだ。

「違法《いほう》だと思うのなら、堂々と訴《うった》えればいい。しかしあんた1人では何1つできんよ。検察官、弁護士、裁判官、すべて人間だ。あんたの言ってることがどれだけ法的に正しかろうと、それだけでは人は動かない。あんたが他人を大事にしないかぎりな」

「うるさい！」

「そんなこともわからんとは。あんたはこの30年、政治家として何をしてきたのかね」

官房長官だけではなかった。

大臣たちが、官僚《かんりょう》たちが、SPたちが。

会場にいる無数の目が、黒瀬を見据《みす》えていた。

「くッ……」

この期《ご》に及《およ》んで黒瀬は逆上した。

「フン、こっちから辞めてやる！　こんな国、どうやっても救えんわ！」

捨て台詞《ぜりふ》を吐《は》いた黒瀬は、テーブルのペンを取った。

「何をする気だ！」意図を察した官房長官が叫《さけ》んだ。

「だがな、タダではやめんぞ！」

黒瀬は素早《すばや》くサインを走らせると、その契約書《けいやくしょ》を高々と掲《かか》げた。

日本をドルマン・ホールディング社に譲渡《じょうと》すると書かれた契約だった。

「これで協定は発効する！　日本はワシらのものだ。うわは！　うわは！　うわはははははははははははははは！」

それはもう狂笑《きょうしょう》だった。理性を失い、よだれを流し、ふらつき倒《たお》れてもなお、黒瀬は笑いつづけた。こと最後に及んで黒瀬は狂《くる》ったのだ。

ＳＰに肩《かた》を担《かつ》がれ、会場から運ばれる間も、黒瀬の笑い声は止まることはなかった。

日本を売った契約書だけが、この場に残された。

「最後の、最後まで……」

官房長官は苦々しさを隠《かく》そうとはしなかった。

「まあ、そういうことだ」

ドルマンが口を開いたのはその時だった。

それまで席についたまま、じっと事の成りゆきをうかがっていたドルマンがようやく重い腰《こし》をあげ、立ち上がったのだ。

「これで日本の所有権は我がドルマン・ホールディングス社に移った」

「無効だ！」今川が叫んだ。「黒瀬総理は退陣《たいじん》した。だからそのサインは無効だ！」

「退陣する前のサインならここにあるが」

ドルマンはもう一冊の契約書を見せた。

そこにはドルマンの名の他《ほか》に、黒瀬誠一郎というサインがはっきりとされていた。

「契約書は甲乙《こうおつ》それぞれ用に2冊作成するという常識もお忘れなのかな？」

「まさか……！」

調印式は、それぞれの書類に片方がサインをしていたところで中断したはずだった。

だがドルマンは、みんなの注目がのえるに移っている間に、黒瀬がサインした協定書に自署を書き加え、さっさと調印を完了《かんりょう》させていたのだ。

だから、余裕《よゆう》のまなざしで事態を観戦していたのだ。

「さあ、折原総理、この事態をどうするのかね？」

女性のような笑《え》みを浮《う》かべて、ドルマンは訊《たず》ねた。

「借金を踏《ふ》み倒す新法でも作るかね？　債務不履行《デフォルト》となれば市場は黙《だま》っておらんよ。円はたちまち暴落し、食料もエネルギーも輸入に依存《いぞん》している日本経済は破綻《はたん》する。それでもよいのなら作りたまえ」

「そんな心配しなくていいわよ。どんな協定だろうと契約は契約。守るしかないわ」

のえるがそんなことを言うので、今川をはじめ面々は動揺《どうよう》した。

「そ、総理ぃ……」

「ほう、殊勝《しゅしょう》な心がけだな。降参か？」

「いや、まだ発効までには時間があるし」

のえるは会場の隅《すみ》にある時計を見た。11時55分。

ドルマンの誕生日はまだ訪《おとず》れていない。

「たった5分！　それで何が出来るというのだ！」

「念のために確認《かくにん》しておくけど、これって日本時間なのよね？」

契約書の文言《もんごん》を指して、のえるが質問した。

「無論、そうだ」

「ふうん」

のえるがイタズラっぽい目をした。きらきらと光っていた。

「日本時間の8月6日に、あなたは日本を手に入れるわけね」

「そうだ」

すると、のえるの言わんとしていることがわかりはじめたのか、大臣たちは視線を交わしあって、ニヤリにやりと頷《うなず》き始めた。

「？？？」今川財務大臣だけはあいかわらずわからずにいたが。

「そういうことらしいわ法務大臣。5分で作業完了できるかしら？」

のえるに聞かれると、法務大臣は誇《ほこ》らしげに答えた。

「はい、8月6日を廃止《はいし》すればいいんですね」

「よくできました〜♪」

「なんだと」

ドルマンは耳を疑った。

「日にちを廃止する、だと？」

「そうよ。本日をもって我が国では8月6日を廃止します。従って、この協定は永遠に発効いたしませーん！」

ちなみに8月5日↓8月5日♯《しゃーぷっ》↓もーっと！8月5日↓8月5日どっかーん！↓8月10日となる。

「日にちを廃止するなどと、そんな非常識なことがまかり通ると思うのか！」

「それがまかり通るのよ」

法律を記述するのに、上質の用紙や万年筆は必要ない。

ちょっとしたメモ用紙とボールペンがあればOK。

さらさらのちょいで、新法のできあがりだ。

「政令で処理しましょう。国会には事後承諾《しょうだく》で済みます」と、法務大臣。

「細かいところは任せるわ」と、のえる。

感心したような、呆《あき》れたような目をしている官房《かんぼう》長官に、彼女は胸を張って答えるのだった。

「ね、簡単だったでしょ？」

かくして日本は救われたのだった。


（『撃破《げきは》！　日本消滅《しょうめつ》計画』　おしまい）

「ふ、ふざけるな！」

ドルマンは激高《げっこう》した。握《にぎ》りしめた拳《こぶし》をテーブルに叩《たた》きつけると、時計を指さした。

「見ろ！　あと10秒で12時だ！　8月6日だ!!　どんな法律を作ろうと、8月6日なんだ！　人間に時間が止められるわけがなかろう！」

「ちょっと銃《じゅう》貸して」

のえるはそばのSPから銃を拝借すると、あっさり時計を撃《う》ち抜《ぬ》いた。

秒針は止まった。59秒のところで。

「……正気か？」

ふふん、とのえるは得意げに笑った。

「こういうノリで動いてるのよ、あたしの国は」

「…………」

ドルマンは絶句した。

空いた口が塞《ふさ》がらないというやつだった。

「バ、バ、バ、バカバカしい！　つき合ってられるか！」

ドルマンは秘書を呼んだ。

「帰国するぞ！」

その途端《とたん》、

わあああああああ、と会場の至るところから爆発《ばくはつ》するような歓声《かんせい》がまきおこった。

生中継《なまちゅうけい》していたテレビ番組では、キャスターがのえるをありとあらゆる賛美の言葉で誉《ほ》めあげだした。それを見ていた視聴者《しちょうしゃ》たちもそうだった。

だが、ドルマンは納得《なっとく》したわけではない。むしろ逆襲《ぎゃくしゅう》のための戦略的撤退《てったい》であった。

「いいか、覚えておけ！　私が日本を買収していることに変わりはない！　その決定的な現実をすぐに思い知らせてやるからな！」

「それは楽しみな発言ですね」

出口に、懐《なつ》かしい人が現れた。

「もっとも私は、あなたがノエルのようにたった1人から同じことができるとは思いませんけど」

彼女の登場に場内はたちまちざわめきだした。

過去にあったちょっとした経緯《いきさつ》で、彼女は日本ではきわめて有名人だったからだ。

「シャイニー！」のえるは驚《おどろ》いた。

「帰りの飛行機のチケットです」

シャイニーは手にしていた券をドルマンに差し出した。

「前社長への敬意として、ファーストクラスを用意させていただきました」

ドルマンは笑わなかった。

「小娘《こむすめ》、誰《だれ》に頼《たの》まれたかは知らぬが、私はあいにく冗談《じょうだん》を解《げ》せない人間でな。あとで丁《てい》重《ちょう》な礼をさせていただくと伝えておいてくれたまえ」

「奇遇《きぐう》ですね。わたくしもウソが嫌《きら》いです」

「そうか」

彼女からチケットを奪《うば》ったドルマンは、苛立《いらだ》ちにまかせてそれを引き裂《さ》いた。

「あいにく私は自家用機で来ている」

「ですから、帰りのチケットの準備をされていないのではと思いまして、こうして届けに来たのです」

「なにをわからぬことを」

「欧州《おうしゅう》を数字で征服《せいふく》したと言われる人にしてはずいぶんと察しがお悪いですね。それとも金に任せた強引《ごういん》な買収で作り上げたハリボテの帝国《ていこく》だったのかしら？」

「小娘だからといって言ってもいいことと悪いことがあるぞ」

「マーチン・ドルマンはどのようにして数兆円もの企業《きぎょう》買収資金を用立てたのか。欧州経済界の神話ですね」

「今さら何の講釈《こうしゃく》だ」

「あなたは税法上の抜《ぬ》け道を巧《たく》みにすりぬけた。現金を必要としない株式交換《こうかん》や時には違《い》法行為《ほうこうい》そのものにも手を染めた。共産圏、アラブマネーと時代時代で欧米から排除《はいじょ》されている勢力に接近してはマネーロンダリングを引き受けることで資金を獲得《かくとく》していった」

フン、とドルマンは鼻で笑った。

「だからどうしたというのだ。私はこれからも世界を買収する！　資金の続く限り、どこまでもな!!」

「それはどうぞ。もっとも一からやり直すにはまた40年ほどかかると思いますけれど。まあ、ドルマンさんのお年なら出来なくもありませんわね」

「だ、誰だ、貴様！」

彼女は静かな笑《え》みをたたえたまま、頭2つ大きなドルマンを前にしてそよとも動揺《どうよう》してはいない。

「どちらの説明をすればよろしいかしら？　ドルマン・ユニオンのCEOとしてか……」

「ふざけるのもたいがいにしろ！　社長は私だ!!」

「では、お確かめになってはどうですか？」

シャイニィはドルマンのそばに控《ひか》えていた秘書に目をやった。

「寄《よ》こせ！」

ドルマンは秘書から携帯《けいたい》を奪《うば》い取ると、本社に電話をする。

「なん……だと！」

「ドルマン・ユニオンは国家民族を超《こ》えた多種多様の企業の集合体とはよく言ったものですね。ありとあらゆる業種に進出し、数えあげられないほどの会社数を誇《ほこ》るユニオンも、その実体はグループ全体の持ち株会社ドルマン・ホールディングス1社にすべての利益が注《つ》ぎ込まれるいびつな構造。不思議ですね、従業員50人にも満たない会社がそれほどに優《ゆう》遇《ぐう》されるのは。ですがそのおかげで、私もユニオンを手に入れることができました」

　受話器を手にしながら、ドルマンは愕然《がくぜん》とした。

「バカな……株式は非公開なはずだ」

「非公開株式を買収する方法なんていくらでもありますわ」

　シャイニィはにっこりと天使の笑みを浮《う》かべて告げた。

「違法合法を問わなければ、ですわ」

「貴様、何をした！」

「可哀想《かわいそう》な貴方《あなた》。自分１人で富を独占《どくせん》しようだなどと強欲《ごうよく》なことを考えなければ、滅《ほろ》びずとも済んだのに」

「くっ……、覚えていろ！」

　ドルマンは踵《きびす》を返して、会場を後にした。

　一同は事の成りゆきに、声も出なかった。

のえるですら呆気《あっけ》にとられていた。

「シャイニィ、いつのまに……」

「仲間はずれはひどいですわ、ノエル」

　シャイニィは王女の気品そのままに、花がこぼれるような微笑《びしょう》をした。

「こういう楽しいことには、私も交ぜてくださいい」

　過去に二度も日本で事件を引き起こしたシャイニィの登場に、ニュースキャスターの小野寺は、「株屋を退治したと思ったら、今度はテロリストに乗っ取られてしまいました」と慌《あわ》てていたが、テレビを見ていた健太は笑っていた。

「なんだかんだ言いながら、シャイニィはのえるのことが好きなんだよね」

「そうなの？」ほのかが訊《たず》ねた。

「でなきゃ、自分のことを誘拐犯《ゆうかいはん》だのテロリストだの言う日本を助けたりしないよ」

不思議だな、と健太は思った。

のえるはいつも誰《だれ》かを助けている。

面倒《めんどう》なことは嫌《いや》だとか、楽して生きたいとか言ってるくせに、誰よりも危険な場所に飛びこんで、死ぬような目に遭《あ》う。

そして、助けられている。

健太はテレビの中で大人たちに囲まれているのえるを見ながら、彼女が言っていたことを思い出した。

『あたしの言葉って、誰にも届かないのかな……』

届いてるよ、ちゃんと。

今はもう、言わなくても感じてると思うけど。

のえるは身体《からだ》が勝手に動き出しちゃうって言うけど、みんなも、僕ものえるを見ていると勝手に身体が動き出しちゃうんだ。

自転車を漕《こ》いでくれた人たちだってそうだし、シャイニィだってそうだよ。

そして、彼女も――。

そう思いながら、健太はベッドの若葉に視線を移した。

みんなより後ろにいた若葉はそれまで、布団《ふとん》の裾《すそ》をぎゅっと握《にぎ》りながら一心にテレビを見つめていたのだけれど、健太の視線に気付いた瞬間《しゅんかん》、ふん、と言って、ごろりと背中を向けて眠《ねむ》ってしまった。

あいかわらず素直《すなお》じゃないなぁ、と思う。

（みんな、のえるのことを応援《おうえん》してるよ）

のえるだって、みんなにしっかり助けられてるんだよ。

そんなことを言ったら、のえるは喜ぶかな？　不満に思うかな？

喜ぶと思った。

（はやく会いたいや……）

夏休みは始まったばかりだし、みんなでたくさん遊びたい。宿題は後回しでいいや。

めでたしめでたしだ。

健太が笑《え》みをもらしていると、隣《となり》のさくら先生が思いだしたようにつぶやいた。

「そういえば、木佐先生は？」

エピローグ

カコーン……と、ししおどしが鳴った。

ここは岡山。新幹線からも偉容《いよう》を望める桃園家の邸宅《ていたく》だ。

大名を100人ほど招けそうな巨大な和室で、桃園家当主の花吹雪と木佐が対面している。さくらたちが東京へ帰ろうとした時、木佐だけが「話があるんじゃがのぅ」と花吹雪に呼び止められたのだ。

花吹雪は自慢のヒゲを今日もVの字に逆立てながら、話し始めた。

「さくらはのぅ……、それはそれはもう大切に育てた娘《むすめ》じゃ。通学路は道が狭《せま》くて車が怖《こわ》いと聞けば、道沿いの家をワシらなりの手段で立ち退《の》いてもらい、道路を広げて歩道も造った。近くの男子校の男が怖いと聞けば、ワシらなりの手段で学校さんに移転してもらった。娘が泣いて帰る日があれば、若いモンを使って犯人を調べ上げ、ある年には1年のうちにクラスの人数が半分になったこともあった。フフフ、どこに転校したのやら。わかるかのぅ、木佐さん。ワシの言いたいことが」

「は……は……は……」

『い』の字が言えない。

がくがくと震《ふる》えて、木佐は上あごと下あごが合わせられなかった。

「おぬしのことは娘から聞いておる」

「ひいいいいいいいいっ！」

木佐は悲鳴をあげた。これまでさくらにしてきたことを思い出し、コンマ1秒で目の前が真っ暗になった。絞《し》められる、埋《う》められる、燃やされる、食べられる、砕《くだ》かれる、バラされる、殺される……、彼の言う『ワシらなりの手段』が、入れ替《か》わり立ち替わり脳裏《のうり》をぐるぐるとよぎって、くらくらと目が回った。

だが花吹雪はゆっくりとヒゲをなでると、相好《そうごう》を崩《くず》した。

「親身になって教師のイロハを教えてくれるいい先生じゃと、言っておった」

「へ……？」

「そのことは感謝しとる」

花吹雪は両手をついて頭を下げた。木佐は目を疑った。花吹雪は何の含《ふく》みもなく自分に感謝しているようだった。信じられない。

（よ、よくはわからんが、爺《じい》さんの勘違《かんちが》いで助かった……）

……とか、あいかわらず身勝手なことを考えながら胸をなでおろしていると、花吹雪はさっきとはうってかわった表情で、木佐を睨《にら》み付けていたのであった。

その殺気の激しさたるや。

「じゃがのう木佐さん。結婚《けっこん》前の娘にしてもいいことと悪いこととの分別はつけてもらわなあかんのとちがいますか？」

「は……？」

「おぬしたとえ車の中とはいえ一晩一緒《いっしょ》に過ごすということがどういうことかわかっとるんかのう！」

花吹雪はギロリと目を剝《む》いた。迫力《はくりょく》だけで木佐は失神しそうだった。

「話によっては、あんさんにもどこぞに行ってもらわなあかんかもしれんが」

「ど、どこへ、ですか……？」

木佐は蚊《か》の鳴くような声で訊ねた。

「土の上じゃないことは確かじゃのう」

「ひいいいいいいいいっ！」

閑静《かんせい》な邸宅に木佐の絶叫《ぜっきょう》が響《ひび》きわたった。

カコーン、とししおどしが鳴った。

おまけ

翌日、首相官邸《かんてい》に新しい主《あるじ》がやってきた。

この国の92代目の総理大臣折原のえるだ。

皇居正殿《せいでん》松の間において天皇陛下より任命状を受け取った彼女は、組閣人事を行うために官邸に向かった。

北条官房《かんぼう》長官の出迎《でむか》えを受けて執務室《しつむしつ》に入る。

「わぁ……」

数ヶ月の間彼女が留守にしていた部屋は何もかもが同じで、時が止まったように同じで、のえるはウルムスタンに旅立つ前のことを思い出して、しばし立ちつくした。

様々な思いが胸をよぎり、消えていく。

うん、と軽くうなずいて、のえるはもう一度部屋を見回した。

部屋の中央にあるテレビが新しくなっていた。

「新調したんだ。壊《こわ》れるほど古いとも思わなかったんだけど、不良品だったの？」

官房長官は笑って、答えなかった。

なにはともあれ、のえるは総理大臣の椅子《いす》に腰掛《こしか》けることにした。

本革《ほんがわ》で出来たそれは、大人が座ってもゆったりできるほどの大きさだ。１６０センチに満たない彼女が座ると、足はぶらぶら、机の位置は胸より高くて、枕《まくら》を置いて倒《たお》れ込めばいい昼寝《ひるね》ベッドになるような代物《しろもの》だった。

ところが座ってみると具合がいい。ちょうどみぞおちのあたりに机がくるのだ。

椅子に敷《し》いてある座布団《ざぶとん》がちょうどいい高さになっているのだ。

クッションもふわふわとしていて、座り心地《ごこち》も悪くない。

意外な心配りにのえるが驚《おどろ》いた顔をしてると、白髪《はくはつ》の官房長官は孫娘《まごむすめ》を見るような目をして微笑《ほほえ》んだ。

「お気に召《め》していただけましたかな？」

「あんまり居心地いいと、いつまでも総理大臣続けちゃうわよ～」

ちょっとイタズラっぽく、甘えるように言ってみる。

「私のお小言をたっぷりと聞きたいというのであれば、お好きなだけどうぞ」

「あらま」

2人は互《たが》いの顔を見合わせながら笑った。

「総理大臣就任おめでとうございますわ、ノエル」

そこへ、シャイニィが現れた。

「シャイニィ！　どうしたの、びっくりするじゃない」

嬉《うれ》しくてのえるはひょいっと椅子を蹴《け》って、机を飛び越えた。

「総理っ！」さっそく官房長官が怒《おこ》った。

「さすがですわね。昨日の今日で国会を開いてしまえば、誰《だれ》も勝てませんものね」

「まあね、政治はどさくさまぎれが基本だから」

「総理……」官房長官の眉《まゆ》がぴくぴくと吊《つ》り上がっている。

「けれど、よく国会議員の議席が残っていましたわね」

日本国憲法に従えば首相は国会議員でなければならない。そして国会議員になるためには25歳以上でなければならない。のえるはまだ14歳だ。魔法《まほう》でも使わなければ総理を決める首班指名選挙に出る資格もない。

「あたしもね、驚いた。補欠選挙をしてなかったらしくて議席が残ってたのよ」

それは以前総理になるときに取得した議席だった。魔法が解けても総理だった事実は消えないように、議員としての籍も残っていたのだ。

「あいかわらずノエルは運が強いですね」

「運かな？」

のえるはちょっと違《ちが》う気がしていた。

通例であれば、欠員による補欠選挙はすみやかに行われているはずだった。それが今まで放置されていたのは、誰《だれ》かが意図的《いとてき》にストップをかけていたからだ。自分のためにチャンスの紐《ひも》を残しておいてくれたからだ。

それが誰だかは、総理大臣命令で調べればすぐにわかることだったが、のえるはあえて不明のままにしておこうと思った。感謝ぐらいしたかったが、名乗り出てこないのだから、そんなことを求めているわけでもないのだろう。

それに、知らない人とでもつながれるという思いは、とても勇気を与《あた》えてくれる。

誰かが見ていてくれる。絆《きずな》は気づかないうちに広がる。

すべては人だ。人間が作る世界なんだ。

(それだけに結構いいかげんなところもある世界、だけれどもね)

だから、面白《おもしろ》いのだ。

「ところでシャイニィ。官邸まで来てどしたの？　東京見物でもしたいの？」

その質問を待っていたのだろう。シャイニィは得意げな顔で返事をした。

「あらノエル。今のこの国のオーナーは誰なのかしら」

「あ……」

日本がドルマン・ユニオンに買われているという事実は何も変わっていなかった。

そしてシャイニィこそがドルマン・ユニオンの中核会社、ドルマン・ホールディングスのC.E.O.、つまり社長だった。

のえるは言った。

「とりあえず座る？　あの椅子《いす》」

さしあたってサービスできそうなことが思いつかなかったので、そう言った。

「椅子より欲しいものがあるんです」

「なんだ、あたしとの友情で助けてくれたんじゃなかったのね」

「もちろん、それもありますわ」

ふぅ〜ん、とのえるは唇《くちびる》を尖《とが》らせた。もちろん親しみを込めた不満だが。

「それならこっちも手加減しないわよ。今回はけっこうしんどかったし、そうそう簡単には日本をいいようにさせたりはしないんだから」

けっこう立派なことを言うので、官房長官《かんぼう》は顔をほころばせた。

育てば伸《の》びる、磨《みが》けば光る、そんな期待を心によぎらせていた。

「日本はノエルに差し上げますわ」

シャイニィはあっさりと言った。そして罪のない顔をして要求する。

「その代わり、ケンタをください」

え……。のえるの顔が固まった。

「だ、ダメに決まってるじゃないそんなの！」

「ですから、日本は差し上げますから」

「いらないわよ！　健ちゃん渡《わた》すぐらいなら、日本の1つや2つ、のし袋《ぶくろ》に入れてプレゼントしてあげる！　さっさと持ってって！」

ぷちん、とそばに控《ひか》えていた老紳士《しんし》の神経が切れた。

「そ、そ、総理〜っ！」

官房長官の老いても軒昂《けんこう》な声は、まだ当分、官邸《かんてい》に轟《とどろ》きわたりそうだった。

あとがき

　みんなで1つの目標に向かって突《つ》っ走るのが好きです。

　理想的な状況《じょうきょう》で完成度の高い仕事ができた時より、時間も人数も圧倒的《あっとう》に足りない状況で互《たが》いに知恵《ちえ》を絞《しぼ》りながらギリギリ仕上げたモノのほうが記憶《きおく》に残っています。

　自分のしていることが誰《だれ》かのためになっていると思える瞬間《しゅんかん》に幸福感を覚えます。

　のえるシリーズを始めるときに、ひとつだけ、担当さんにお願いしたことがあります。

「1冊出すたびに、書店まわりがしてみたい」

　売り場をめぐって、のえるの本を売ってくださっている書店さんに挨拶《あいさつ》をしてまわるのです。本にサインをしていくこともあります。

　机に向かって、ひとり、ひたすらキーボードを叩《たた》いていると、世界に自分たちだけしかいないような錯覚《さっかく》に陥《おちい》ることがあります。のえるを届けるために頑張《がんば》っているのは自分やイラストの剣さん、そして担当の難波江さんだけなんだという思い上がりです。

　アホまるだしです。スニーカー編集部のみなさん、営業の方、印刷会社の方、校正の方、装丁《そうてい》の矢部さん、そして本屋のみなさん、他《ほか》にも数限りない人の手を経て、この本を届けることができています。

　そのことを肌《はだ》で感じたくて、のえるが出るたびに1日かけて書店まわりをします。

よく売れている書店に行けば歓迎《かんげい》してもらえますが、不調な書店に行くと心臓によくないこと限界点突破《とっぱ》です。もちろん本屋さんは言葉を濁《にご》してくれるのですが、そのときのスリルは自分の存在価値を全否定されているような感覚に近く、「生まれてごめんなさい」みたいな居たたまれぬ気持ちになります。

でもそれが「次こそは！」という感情につながるので、自分の貯金となります。

サインといっても、いわゆるサイン会と違《ちが》って、ミもフタもないところが楽しいです。お店にある本にサインをして帰るわけですが、隠《かく》れスペースのない小さな店だと、レジの脇《わき》にある空きスペースとかで立ちながらサインペンを走らせるわけです。

正直、恥《は》ずかしいです。

それも「もっとたくさんの人に手にとってもらえる本を書くんだ！」という貯金です。

こんなことを書くとスリルとピンチの連続みたいな感じがしますが（実際かなりそうなんですが）もちろんそれだけじゃないです。

爪《つめ》で本を傷つけないよう特別な持ち方をしながら店員さんが段ボールから本を出してくれている時の光景とか、手書きのＰＯＰを見かけたりすると、感動します。

自分の本を大事に扱《あつか》ってくれていることへの感謝とか、情熱を持って仕事をしている人に出会えたことへの尊敬に、胸が熱くなるのです。

本屋という商売は難しいと思います。

値段を変えることはできないし、独占販売《どくせんはんばい》ということもできない。他店との差別化がしにくい商売です。そんな中、汗《あせ》と創意工夫で頑張っている人と話をすることができると、もっと頑張ろうという気持ちが素直《すなお》にわいてくるのです。

『乙女の怒りは最終兵器』の時は名古屋を訪《おとず》れました。

担当さんが言いました。

「売ってまわるか？」

自分たちで新刊を持って、いわゆる行商をするのです。小さな書店は希望した数の本が来ないことがままあるので、そんなときは感謝されるということなのですが、
本が売れなかったときの俺の立場は……。


そういう下らないプライドをぶち壊《こわ》すための行商です。

発売初日にまわって、いったい本屋さんにどれだけの注文があるというのか。

1冊の注文が取れたときの喜び。自分が貰《もら》える収入に換算《かんざん》すれば100円にもなりません。けれどそれ以上のものを感じることができます。サインをする手にも元気が宿ります。

俺にとっては数百冊のひとつですが、手にとる人にとってはそれが100％です。1冊たりとておろそかにはできません。字がうまいほうではないので流暢《りゅうちょう》な筆さばきというわけにはいかないのですが、1冊1冊心をこめて書いていきます。

そこで得た感情が、名古屋で手に入れた、なによりのおみやげでした。

突然の訪問に応対してくれた各書店のみなさま、面倒《めんどう》を見ていただいた角川書店の勝山

さん、そして本屋で出会った読者さん、どうもありがとうございました。

こんなふうに、たくさんの人の手を経て届いた1冊が、あなたにとっても価値のある時間になればとっても嬉《うれ》しいです。そうなるよう、ますます気合いを入れていきます。


さて、次回はシャイニィに連れていかれた健太の話にしようかな〜、とか思ってます。

アルカンタラ王国は日本と違って、結婚《けっこん》が自由。

何人奥さんをもとうと、何人旦那《だんな》さんをもとうと、自由な国なのです。

「それならみなさんもケンタの妻になればよいではないですか」

「そんなのダメだよ〜っ!!」

いい感じに健太が悲鳴をあげてくれて、楽しい話になりそうな予感。

最近、気分的にリクエストに応《こた》えるのが面白《おもしろ》くなってきてるので、希望があれば手紙をください。ちなみに今回のさくら先生大活躍《かつやく》は剣さんのリクエストです。

あとあと、電撃《でんげき》文庫でやってるシリーズを楽しみにしてる人も待っててね!

決して忘れてるわけじゃないです。両方頑張るぞ!!

2002年5月

あすか正太

●あすか正太著作リスト

『総理大臣のえる！　彼女がもってる核ボタン』（角川スニーカー文庫）
『総理大臣のえる！　恋する国家権力』（同）
『総理大臣のえる！　乙女の怒りは最終兵器』（同）
『アースフィア・クロニクル　大魔王アリス』（メディアワークス　電撃文庫）
『アースフィア・クロニクル　大天使フィオ』（同）
『アースフィア・クロニクル　大賢者ソフィア』（同）

総理大臣《そうりだいじん》のえる！

撃破《げきは》！　日本消滅計画《にほんしょうめつけいかく》

あすか正太《しょうた》

角川文庫　12477

平成十四年六月一日　初版発行

発行者——井上伸一郎

発行所——株式会社角川書店

東京都千代田区富士見二—十三—三

電話　編集部（〇三）三二三八—八六九四

　　　営業部（〇三）三二三八—八五二一

〒一〇二—八一七七

振替〇〇一三〇—九—一九五二〇八

印刷所——旭印刷　製本所——コオトブックライン

装幀者——杉浦康平

S 146-4　ISBN4-04-426204-7　C0193

角川文庫発刊に際して

角　川　源　義

第二次世界大戦の敗北は、軍事力の敗北であった以上に、私たちの若い文化力の敗退であった。私たちの文化が戦争に対して如何に無力であり、単なるあだ花に過ぎなかったかを、私たちは身を以て体験し痛感した。西洋近代文化の摂取にとって、明治以後八十年の歳月は決して短かすぎたとは言えない。にもかかわらず、近代文化の伝統を確立し、自由な批判と柔軟な良識に富む文化層として自らを形成することに私たちは失敗して来た。そしてこれは、各層への文化の普及滲透を任務とする出版人の責任でもあった。

一九四五年以来、私たちは再び振出しに戻り、第一歩から踏み出すことを余儀なくされた。これは大きな不幸ではあるが、反面、これまでの混沌・未熟・歪曲の中にあった我が国の文化に秩序と確たる基礎を齎らすためには絶好の機会でもある。角川書店は、このような祖国の文化的危機にあたり、微力をも顧みず再建の礎石たるべき抱負と決意とをもって出発したが、ここに創立以来の念願を果すべく角川文庫を発刊する。これまで刊行されたあらゆる全集叢書文庫類の長所と短所とを検討し、古今東西の不朽の典籍を、良心的編集のもとに、廉価に、そして書架にふさわしい美本として、多くのひとびとに提供しようとする。しかし私たちは徒らに百科全書的な知識のジレッタントを作ることを目的とせず、あくまで祖国の文化に秩序と再建への道を示し、この文庫を角川書店の栄ある事業として、今後永久に継続発展せしめ、学芸と教養との殿堂として大成せんことを期したい。多くの読書子の愛情ある忠言と支持とによって、この希望と抱負とを完遂せしめられんことを願う。

一九四九年五月三日

〈ファンレターのあて先〉
〒102-8177 東京都千代田区富士見2-13-3
角川書店 アニメ・コミック編集部気付
「あすか正太先生」係

Trinity Blood
トリニティ・ブラッド
Reborn on the Mars 嘆きの星
吉田 直
(第2回スニーカー大賞・大賞受賞者)
イラストTHORES柴本
人類と吸血鬼——永劫の闘争を続ける
二つの種族を描く遠未来黙示録《フューチャーファンタジー》!!
大災厄によって文明が滅んだ遠未来
人類は、忽然と現れた異種知性体・
吸血鬼との過酷な闘争に突入した!
壮大なスケールで描かれる
ノイエ・バロックオペラ!
——汝、目をそらすことなかれ!
「ザ・スニーカー」誌上でトリニティ・ブラッドR.A.M.大人気連載中!
角川スニーカー文庫